Ein echter Traumtyp

ANJA BUCHMANN

Ein echter Traumtyp

Romantic Fantasy

Herstellung und Verlag: BoD – Books on Demand, Norderstedt

ISBN 9783749482870

Bibliografische Information der Deutschen Nationalbibliothek
Die Deutsche Nationalbibliothek verzeichnet diese Publikation in der
Deutschen Nationalbibliografie; detaillierte bibliografische Daten sind im
Internet über www.dnb.de abrufbar.

»Kann ich mal bitte! He, lasst mich durch!« Als der Pulk der Schüler nicht reagierte, nahm Helene die Arme zur Hilfe und drängelte sich durch die Menge. Aurora beeilte sich, der schwarzgewandeten Gestalt der Freundin zu folgen. Dabei hätte sie zu gerne gewusst, was den Auflauf im Schulflur verursacht hatte. Als sie einige Mädchen aus ihrer Klasse in der Meute entdeckte, legte sie ihre Neugierde sofort in Ketten. So spannend war es sicher nicht. Sie zog den Kopf ein und eilte in Richtung Klassenzimmer. Aurora war stets darauf bedacht, als Erste den Raum zu betreten. Sie hasste es, wenn sie eintrat und dabei angestarrt wurde. Heute war ihr das besonders wichtig, denn nach den Ferien empfand sie das erneute Aufeinandertreffen mit alten Feinden und all jenen, denen sie bestenfalls egal war, als besonders belastend. Die Erholung der Sommerferien wäre sofort verpufft, sobald die erste dumme Bemerkung in ihre Richtung flöge. Als sie neben Helene in der Bank saß, fühlte sie sich gleich viel wohler. Sie gestattete sich, in den Erinnerungen an die wundervollen sechs Sommerwochen zu schwelgen. Vier davon hatte sie bei ihren Großeltern im Mecklenburgischen verbracht. Obgleich das Dorf, in dem die Eltern ihres Vaters lebten, noch weniger zu bieten hatte als die heimatliche Kleinstadt, genoss sie Besuche dort stets in vollen Zügen. Keine nervigen Brüder, keine Eltern, keine Schule, nur Bücher, Ruhe und Omas gute Küche. Herrlich. Wobei die Woche Mallorca mit ihren Eltern zu Ferienbeginn auch schön gewesen war, lediglich ein bisschen heiß für ihren Geschmack.

»Hast du gesehen, was da los war?« Helene riss sie aus ihren Gedanken.

»Nein. Ist auch egal.« *Die versammelten Schülerinnen – Schüler waren, soweit ich es gesehen habe, keine darunter – waren zu ruhig gewesen, als dass sie sich um ein neues Lästeropfer geschart haben könnten. Bestimmt trägt eines der Mädels einen ultrakurzen Rock oder eine neue teure Handtasche.* Aurora hatte nie verstanden, warum solchen Banalitäten irgendeine Bedeutung zukam. Wahrscheinlich war dies mit ein Grund für ihre *Beliebtheit*.

Eindeutig zu viel Aufmerksamkeit. Warum nur hatte die Co-Rektorin ausgerechnet diese schwatzhafte Göre Lydia – oder hieß die Blonde mit dem D-Körbchen Lisa? – mit der Schulführung betraut? Ciaran hätte sich lieber in Ruhe umgesehen, statt gleich mit der gesamten Clique seiner zukünftigen Klassenkameradin konfrontiert zu werden. Er zwang sich zu einem Lächeln und dazu, jedes der Mädchen zu betrachten. Keine von ihnen war es wert, dass er sich ihren Namen merkte. Ciaran verspürte eine gewisse Enttäuschung. Dabei war es dafür noch viel zu früh. Geduld gehörte nicht zu seinen hervorstechenden Eigenschaften. Und was die Sache betraf, die ihn hierher geführt hatte, so war sie für ihn von solch enormer Wichtigkeit, dass ihm die Nerven zum Abwarten gänzlich abgingen. Das Wort *überlebenswichtig* war ihm im Zusammenhang mit dieser Angelegenheit ebenso in den Sinn gekommen wie *Besessenheit*.

Lydia zupfte am Ärmel seiner Lederjacke. »Wir müssen in die Klasse.« Schon zog sie ihn hinter sich her. Ciaran gelang es erst kurz vor dem Klassenzimmer, ihre lackierten Nägel aus dem knautschigen Material zu lösen. *Wenn diese dumme Kuh mein Lieblingskleidungsstück ruiniert hat …*

Neben ihm plapperte Lydia munter auf ihn ein. Er hörte nicht zu, ignorierte den Hofstaat der offenbar unumschränkten Königin der zehnten Klassen, welcher ihnen noch immer folgte. »Nach den Ferien gibt es keinen festen

Sitzplan. Du könntest dich also neben mich setzen.« Lydia klimperte mit den übermäßig getuschten Wimpern, die an Fliegenbeine erinnerten.

Jetzt sah er sich zu einer Antwort genötigt. »Danke, ich sitze lieber alleine.«

Ein verächtliches Schnauben folgte ihm auf seinem Weg in die letzte Reihe. Er ließ seinen Rucksack auf den Nachbarstuhl fallen.

Eine hagere Frau um die vierzig betrat den Raum und mit dem Stundenklingeln ebbte der Lärm allmählich ab.

»Wie ich höre, haben wir einen neuen Schüler.« Die Stimme der Lehrkraft war melodiös und wohlklingend. Ciaran wusste so etwas sehr zu schätzen. Er liebte Dinge, die schön und harmonisch waren. Und jene, die nur abstoßend und totales Chaos waren, nicht minder. Nichts war öder als nichtssagende Mittelmäßigkeit. Wobei es gerade die unaufgeregte Durchschnittlichkeit war, um die Ciaran bisweilen rang. Allerdings nur im Bezug auf sein gesellschaftliches Leben, nicht in seinem wirklichen.

Die bebrillten Augen der Lehrkraft schweiften durch den Raum, blieben an ihm hängen. »Du musst Ciaran sein. Ich bin Frau Dorn, deine Klassenlehrerin. Möchtest du nicht nach vorne kommen und dich kurz vorstellen?«

Mochte er nicht, aber das war nicht von Belang. Er erhob sich von seinem Stuhl und ging in Richtung Tafel, sich der ihm folgenden Blicke bewusst. Als er zu sprechen begann, zwang er sich, in die Klasse und nicht auf die Spitzen seiner schwarzen Sneaker zu schauen. Der grüngraue Plastikboden, der trotz des dezenten Geruchs von Scheuermittel, der von ihm aufstieg, nicht sauber wirkte, machte ihm das Aufschauen leichter. »Mein Name ist Ciaran. Ich bin im Sommer hierher gezogen.« Er war mitnichten schüchtern, doch solche Situationen hasste er wie die Pest. Er hatte das zu oft durchmachen müssen. Ständig war er »der Neue«. *He, vielleicht sollte ich meinen Namen entsprechend ändern.* Bei dem Gedanken musste er kurz lächeln.

Alle schauten ihn an. Einen Augenblick war es still, bevor Frau Dorn der allgemeinen Erwartung, das möge noch nicht alles gewesen sein, Ausdruck verlieh. »Wo hast du davor gelebt? Vielleicht kannst du uns ein bisschen was über deine Familie erzählen. Hast du Geschwister?«

»Nein.« Die Antwort bezog sich nicht auf seine Geschwister, sondern vielmehr auf seinen Unwillen, weiter über sein Leben zu berichten. »Vorher habe ich lange im Ausland gelebt«, rang er sich einen weiteren Satz ab. Er sah Interesse in den Augen seiner Mitschüler aufflackern. *Mist, das war eindeutig die falsche Antwort. Sie zöge nur noch mehr Fragen nach sich.*

Er war Frau Dorn dankbar, als sie ihn erlöste. »Danke Ciaran, du kannst dich wieder setzen. Herzlich willkommen in der 10 b. Ich hoffe, du lebst dich hier schnell ein. Sollte es irgendwelche Probleme geben, kannst du jederzeit zu mir kommen.«

»Danke, ich werde es mir merken«, erwiderte er auf das nette Angebot einer anscheinend wohlmeinenden Person, auf das er nicht zurückkäme. Bei den Sorgen, die ihn umtrieben, war eine Außenstehende definitiv die falsche Ansprechpartnerin. Aber das konnte sie nicht wissen. Für Frau Dorn war er nur ein normaler Fünfzehnjähriger. Ciaran würde alles daran setzen, dass diese Illusion Bestand hatte. Er erwiderte ihr aufmunterndes Lächeln, bevor er sich erleichtert auf seinen Platz fallen ließ. Zumindest für den Rest der Schulstunde hätte er seine Ruhe.

2

Vollkommene Dunkelheit umschloss sie. Einen ruhigen Atemzug später lichtete sich die Schwärze. Sie trat hinaus in einen Garten. Überbordendes Grün hieß sie willkommen. Äste mit zartgrünen Blattspitzen beugten sich zu ihr hinab, strichen durch das lange blonde Haar, welches wie ein seidener Wasserfall über ihren Rücken und ihre Schultern floss. Die Luft war angefüllt mit dem Gesang zahlloser Vögel und dem Wispern der Pflanzen im lauen Wind. Ein himmlischer Ort, wie geschaffen, um Kraft zu sammeln für neue Kämpfe. Sie löste den Waffengurt, welcher um ihre Hüften geschlungen war.

Die Sonne wärmte das schwarze Leder ihres hautengen Kampfanzugs. Sie setzte sich in das weiche Gras, zog die klobigen Stiefel aus, öffnete die obersten Knöpfe ihres Oberteils, damit die Sonnenstrahlen nicht nur die nackten Arme, sondern ebenso das ansehnliche Dekolleté streicheln konnten. Dann streckte sie sich aus, schloss ihre von dramatisch langen Wimpern umrahmten Augen. Bunte Lichter tanzten hinter ihren Lidern, während ihr Atem ruhig und gleichmäßig ein- und ausströmte. Ihre Gedanken wanderten zurück zu den prunkvollen Kuppeln und Türmen von Königsburg, die im Schein der aufgehenden Sonne glänzten. Sie hatte ihnen nur kurz ihre Aufmerksamkeit geschenkt, war im Geiste schon bei ihrem bevorstehenden Besuch bei Hofe gewesen. Nichtsdestotrotz hatte sich das Bild eingebrannt, ließ sie Ehrfurcht empfinden vor den Erbauern dieser großartigen Gebäude. Ohnehin schien ihr alles in der Stadt der Könige von so erlesener Schönheit, dass sie sich deplatziert vorkam. Die

Menschen, die durch die breiten, sauberen Pflasterstraßen flanierten, waren sämtlich schön und groß, die bunten Gewänder schwangen bei jeder eleganten Bewegung. Und erst die Prinzessin. Das elfengleiche Wesen hatte sie regelrecht geblendet und das nicht nur wegen der Edelsteine, die zu Hunderten auf das elfenbeinfarbene Kleid aufgenäht waren. Der Anblick hatte ihr nicht nur die Sprache, sondern fast den Atem verschlagen. Als sie wieder halbwegs klar denken konnte, war die Verleihungszeremonie vorbei und die Prinzessin schwebte aus dem Saal.

Ihre Hand tastete nach dem Orden, der vom engen Leder an die zarte Haut ihres Busens gedrückt wurde. Die seidene Schnur war so fein, dass sie nicht zu spüren war. Es war nur ein Stück Metall, wahrscheinlich nicht einmal genug wert, um eines der einfachsten Kleider zu erstehen, die sie in der Königsstadt gesehen hatte. Dennoch bedeutete es ihr etwas. Endlich eine Anerkennung für die vielen Kämpfe, die sie ausgefochten, für die vielen Monster, die sie erschlagen hatte. Nun durfte sie sich *Heldin des Reiches* nennen, war zur Bürgerin von Königsburg ernannt worden. Sie als einer dieser schönen, perfekten Menschen …

Ein Kitzeln im Gesicht weckte sie. Ein Schatten lag auf ihr. Mit geschlossenen Augen streckte sie den rechten Arm aus, tastete nach ihrem Waffengurt, packte den Schwertgriff, zog daran. Die Waffe rührte sich nicht, steckte fest. Der Schreckensmoment fand durch ein wohltönendes Lachen ein rasches Ende. Lächelnd öffnete sie die Augen. Schön wie immer stand ER da, die Sandale auf der Schneide ihres Schwertes.

»Du sollst dich nicht anschleichen!«

»Ich habe mich nicht angeschlichen. Du hast tief und fest geschlafen«, erwiderte er auf ihren Tadel.

Er gab ihr Schwert frei und sie führte einen halbherzigen Schwung in Richtung seines nackten Beines aus. Sie hätte ihn nicht getroffen, selbst wenn er nicht flink und kraftvoll nach hinten gesprungen wäre. »Zu langsam«, feixte er.

Sie nahm es ihm nicht übel. Ganz im Gegenteil. Diese Neckereien gehörten dazu, waren Teil der Dynamik ihrer Beziehung. Wobei sie sich schwer damit tat, die Natur dieser Beziehung zu beschreiben. ER war da, wo sie war – nicht immer, aber oft genug –, stand ihr in schwierigen Situationen bei, kämpfte an ihrer Seite. Er hatte ihr diesen Garten gezeigt mit den Worten, dass sie ihn hier immer fände. Oft saßen sie unter einem der Bäume und redeten. Bisweilen sagte er ihr, dass sie schön sei. Wenn er ihre Hand hielt, breitete sich ein flaues Gefühl in ihrem Magen aus. Selbstverständlich gäbe sie das nie zu, doch sie hatte sich in ihn verliebt. Und manchmal glaubte sie, im Blick seiner zumeist blauen Augen – als sie ihn fragte, welche Farbe seine Iriden hätten, hatte er »Regenbogen« geantwortet – etwas aufblitzen zu sehen, was diesbezüglich Hoffnungen weckte.

Er hatte sich neben sie ins Gras fallen lassen. »Und, wo kommst du her?«

»Königsburg.«

»Welchen Drachen gab es da wieder zu erschlagen?«

Sie verdrehte die Augen. Er wusste genau, dass es in der Hauptstadt keine Ungeheuer gab. »Die Prinzessin wollte mich sehen«, sagte sie mit einer wegwerfenden Handbewegung. Insgeheim wusste sie, dass es ihr schon etwas bedeutete, dass ihre Heldentaten Beachtung fanden.

Er lächelte wissend. Manchmal hatte sie das Gefühl, er kenne sie ebenso gut oder gar besser als sie sich selbst. »Erzähl mir davon. Und von Königsburg. Ich war noch nie dort.«

»Dann begleite mich das nächste Mal.«

»Vielleicht. Jetzt beschreib es mir.« Sein Ton hatte fast etwas Drängendes. Er strich ihr eine Haarsträhne aus dem Gesicht, was tief in ihr etwas zum Klingen brachte. Sie brauchte einen Augenblick, um sich zu sammeln, dann kam sie seiner Bitte nach.

3

2 TAGE SPÄTER, MITTWOCH

Das allgegenwärtige Summen und die Aufregung, welche die Stimmung nach den Ferien prägte, war am Abflauen. Allmählich gingen die Dinge wieder ihren gewohnten Gang. Aurora hatte es geschafft, im Hintergrund zu bleiben und so Zusammenstöße mit den Beliebten und all jenen, die es gerne sein wollten, zu vermeiden. Sie erlag diesbezüglich jedoch keinen Illusionen: Früher oder später fiele Veronika oder einem der anderen Mädchen ein, dass es Aurora gab und dass man wunderbar auf der kleinen Streberin herumhacken konnte. Mal war es ihr geflochtener Zopf, mit dem sie ihr welliges, mittelbraunes Haar einigermaßen in Form brachte, dann wieder ihre Kleidung, die sie zur Zielscheibe machte. So ging es seit der fünften Klasse. Aurora hatte längst aufgegeben, sich dagegen zu wehren. Wobei, tatsächlich Kontra hatte sie den Mobberinnen nie gegeben. Ihr Weg war der verzweifelte Versuch der Anpassung gewesen. Die Experimente mit Schminke und Markenklamotten waren dabei ebenso grandios gescheitert wie ihr geheucheltes Interesse an Klatsch, Tratsch und angesagten Filmen und Serien. Übrig geblieben war nur die Begeisterung fürs Kino.

Es klingelte zur großen Pause. Noch zwanzig Minuten Gnadenfrist, dann nähme das Desaster seinen Lauf: Sportunterricht.

Ob ich irgendeine Krankheit erfinden kann? Nein, ich bin eine miserable Lüg-nerin.

Helene lief neben ihr die Treppe hinunter. »Hast du den Neuen aus der b schon gesehen?«

Aurora schüttelte den Kopf.

»Die anderen Mädchen machen ein ziemliches Aufheben um ihn. Angeblich sieht er verdammt gut aus. Veronika hat damit angegeben, dass sie ein Date mit ihm hat. Beim Sport sehen wir ihn vielleicht.«

Aurora zuckte mit den Achseln. Es gab kaum etwas, was sie weniger inter-essiert hätte als der Tratsch um einen neuen Schüler aus der Parallelklasse. Selbst wenn die Mädchen seinetwegen reihenweise in Ohnmacht fielen.

»Willst du mein Schinkenbrot?«, fragte Helene.

»Nein, danke. Vielleicht nach dem Sport.« Aurora war ohnehin schon übel genug. Sie steuerte auf eine ruhige Ecke des Schulhofs zu, bemüht, dabei keinem anderen Schüler in die Quere zu kommen. Viel zu rasch verging die Pause und das Klingeln mahnte zum Aufbruch in Richtung Turnhalle.

Die Umkleide roch nach Schweiß und – mindestens genauso eklig – einer Mischung der angesagtesten Deodorants. Während die Mehrzahl der Mäd-chen in knappe Shorts und enge Tops schlüpfte, zog Aurora eine Jogging-hose und ein T-Shirt an. Die Sportschuhe hatten schon bessere Tage gesehen. Vielleicht hätte sie das Angebot ihrer Mutter, in den Ferien mit ihr shoppen zu gehen, annehmen sollen. Allerdings hätten Schuhe für ihr Hassfach wahrscheinlich nicht auf der Liste gestanden.

Helene zupfte an Auroras Shirt. »Wir müssen runter! Frau Müller lässt je-den, der zu spät kommt, eine Extrarunde laufen.«

Daran brauchte die Freundin sie nicht erinnern. Sie schnürte ihre Schuhe und lief mit dem Pulk der anderen Mädchen die Treppe hinunter. Jemand rempelte sie an. Eine Verwünschung kam ihr in den Sinn, hätte fast ihre Lippen verlassen. Dann schaute sie zur Seite. *Diese Augen. Blau und doch nicht. Eine Haarsträhne, blond, ein Stückchen Sonne.*

Sie fiel.

Aurora hatte eine Stufe verpasst. Panisch griff sie nach dem Handlauf. Jemand packte ihre andere Hand. Mit wackligen Knien kam sie zum Stehen.

»Alles okay?« Die Stimme zu den Augen war irritierend.

Sie nickte, wich dem Blick des Jungen aus. In ihren Ohren rauschte es. Ihr Herz wummerte. Angst. Aufregung. *Ich muss hier weg!*

Sie entriss ihm ihre Hand, rannte die letzten Stufen der Treppe hinab, die sich inzwischen geleert hatte.

Ein Pfiff ertönte. Gerade noch rechtzeitig hatte sie sich auf die Bank neben Helene fallen lassen.

Die Köpfe der Mädchen drehten sich zur Tür. Die Blicke galten nicht der Sportlehrerin, sondern dem Jungen, der eintrat. Aus dem Tuscheln konnte sie einen Namen heraushören: Ciaran.

Auroras Herz begann erneut zu rasen. *Was ist das nur? Reiß dich zusammen, Aurora! Du schwärmst nie, niemals für einen Jungen!*

Sie zwang sich, den Blick abzuwenden. Frau Müller pfiff ein weiteres Mal. »Warmlaufen, jetzt!«

»So gut sieht der Neue jetzt auch wieder nicht aus«, raunte Helene, welche neben Aurora in einen leichten Trab gefallen war. »Oder?«

Als eine Antwort ausblieb, fügte sie hinzu: »Mein Geschmack ist er jedenfalls nicht.«

Das kann ich mir vorstellen. Für dich dürfen die Typen gerne etwas dunkler sein. Aurora verstand Helenes Faszination für den Gothikstil nicht, störte sich aber nicht an der schwarzen Kleidung, den Nieten und dem rabenschwarz gefärbten Schopf. Sie kannte den Sonnenschein, der unter dieser Schale steckte.

Er hätte wesentlich schneller laufen können, doch er hielt sich bewusst hinter den beiden Mädchen, die nicht allzu viel Eifer beim Einlaufen zeigten. *Ist sie diejenige, welche? Kann das sein? Die braunen Haare, spindeldürr, keine nennenswerten Kurven. Nichtsdestotrotz war da dieses Prickeln, der Moment des Erkennens. Irgendwie habe ich mir das alles leichter vorgestellt. Bin ich hier wirklich am richtigen Ort? Wie oft habe ich mir diese Frage in den letzten drei Tagen schon gestellt?*
Ciaran erhöhte das Tempo, lief an dem Mädchen vorbei, versuchte, ihr dabei ins Gesicht zu schauen. Durchschnittlich, aber in den Augen glaubte er das gewisse Feuer zu sehen, welches ihm beim Zusammenstoß auf der Treppe schon aufgefallen war. Ein kleines Stückchen Hoffnung, vielleicht sogar Sicherheit hielt Einzug in sein Herz.
Die Sportlehrer beendeten das Einlaufen und trennten Jungen und Mädchen für den Rest der Stunde. Nur selten gelang ihm ein Blick auf das noch namenlose Mädchen.

4

»Ciaran, ich rede mit dir!«
»Entschuldige, ich war in Gedanken.« Er bemerkte, dass er die Nudelportion auf seinem Teller noch nicht einmal angerührt hatte. Dabei hatte Mel sogar seine Lieblingssoße – Tomaten mit Oliven – gekocht oder vielmehr

das entsprechende Glas geöffnet. Wenn es sich vermeiden ließ, verwendete sie nicht viel Zeit auf die Zubereitung von Mahlzeiten. Dabei war sie eine gute Köchin, wie er von den wenigen Feiertagsmenüs, die sie ihm zuliebe zubereitet hatte, wusste. Hastig nahm er eine Gabel voll in den Mund.

»Sag bloß.« Mels perlendes Lachen währte nur kurz. »Wie heißt sie?«

Er öffnete den Mund, nur um augenblicklich die Lippen fest aufeinanderzupressen.

Beinahe hätte sie mich gehabt, fast wäre mir Auroras Name herausgerutscht. Es wäre nicht weiter schlimm, aber die Genugtuung will ich ihr nicht verschaffen. Es reicht, dass sie mir mein Befinden an der Nasenspitze ansehen kann – konnte sie schon immer. Glücklicherweise ist sie die Einzige mit diesem Talent.

»Ich weiß nicht, was du meinst«, erwiderte er und konzentrierte sich auf seinen Löffel.

»Sag Bescheid, bevor es ernst wird. Es gibt da ein paar Dinge, die du wissen musst.«

»Was für Dinge? Du willst mich jetzt hoffentlich nicht aufklären.« Der Gedanke ließ ihn unruhig auf seinem Stuhl herumrutschen.

»Also doch! Ein Mädchen!« Ein selbstzufriedenes Grinsen huschte über ihre Züge, wurde jedoch von schlecht verhüllter Sorge verdrängt. Ciaran nahm die kleinen Fältchen auf der Stirn wahr. »Selbstverständlich muss ich dich nicht mehr aufklären. Ist es eine deiner Klassenkameradinnen?«

»Nein.« Ciaran verschränkte die Arme vor der Brust. »Was wolltest du mir erzählen?«

Sie schüttelte den Kopf. »Vergiss es. Ich habe es mir anders überlegt. Du bist zu jung. Ich sollte dich nicht mit solchen Sachen belasten. Versprich mir nur, dass du dich an die Maxime hältst. Du weißt, wovon ich rede.«

»Ich weiß: Keine Vermischung von Traum und Realität.«

»Das gilt besonders in Herzensangelegenheiten. Wenn du dich nicht danach richtest, schwebst du in großer Gefahr.«

Ciaran richtete sich auf und sah sie an. »Was für eine Gefahr?«

»Das musst du nicht wissen. Halte dich einfach dran.« Ein untypischer Hauch von Schärfe hatte sich in Mels Stimme geschlichen.

»Warum?«

»Weil ich es dir sage!« Sie blickte ihn ernst an.

Das war Mels Totschlagargument. Er wusste, es war zwecklos, ihr weitere Informationen entlocken zu wollen. Früher oder später verriete sie es ihm ohnehin. Ihrem Blick nach schien es von großer Wichtigkeit zu sein. Im Augenblick gab es genug, was ihm im Kopf herumging. Seit er Aurora gesehen hatte, schwankte er permanent zwischen der absoluten Sicherheit, dass sie die Eine war, und den Zweifeln, die ihr Aussehen geweckt hatte. Sie war so anders, als er sie sich vorgestellt hatte.

Ich muss herausfinden, welches dieser Gefühle echt ist. Danach kann ich mich um Mels Andeutungen kümmern. So wichtig wird es schon nicht sein. Immerhin denkt sie, ich hätte mich in eine meiner Klassenkameradinnen verknallt. Als ob ich ein normaler Teenager wäre. Sie schaut mich immer noch so an. Es ist besser, wenn ich das Thema wechsle.

»Wie ist die Jobsuche gelaufen?«

»Besser als gedacht. Ich kann sofort in einer Schreinerei im Büro anfangen. Nicht mein Traumjob. Man nimmt, was man kriegen kann. Ich dachte, ich würde in diesem Kaff nichts finden. Beim nächsten Mal ziehen wir wieder in eine Großstadt.«

Das nächste Mal, das ist in drei bis fünf Jahren. Wer weiß, ob ich sie da noch begleite. »Ich habe mich nie über deine Ortswahl beschwert.«

»Weiß ich, mein Kleiner.« Mel beugte sich über den Tisch und strich ihm über den blonden Schopf. »Allerdings verstehe ich nicht, wie du ausgerechnet auf diesen Ort gekommen bist.«

Das musst du auch nicht verstehen. Es ist besser, wenn du es nicht weißt. Jetzt habe ich das Gespräch schon wieder in ein Treibsandloch geführt. Bei dem Gedanken daran, dass Mel herausfinden könnte, was er getan hatte, wurde Ciaran flau im Magen. Obwohl sein Vorgehen nicht direkt verboten war, so war er damit in eine Grauzone vorgestoßen, deren Grenze er, da er Aurora gefunden hatte, überschritten hatte. Mels prüfender Blick erinnerte ihn daran, dass sie auf eine Antwort harrte. »Finger auf der Landkarte. Wie sonst«, erwiderte Ciaran betont beiläufig. »Ich bin müde, ich werde mich hinlegen.« *Darüber wird sie sich jetzt hoffentlich keine Gedanken machen. Es ist kurz nach fünf, also meine übliche Zeit, zumindest an Schultagen.*

5

2 TAGE DANACH, FREITAG

Sie traten als Letzte aus dem Klassenraum. Helenes spitzer Ellenbogen stach ihr in die Seite. »Er steht schon wieder da«, flüsterte die Freundin.

Aurora wagte nicht, einen Blick in die Fensternische zu werfen. Brauchte sie ohnehin nicht. Ihr böte sich das gleiche Bild wie an den beiden Tagen zuvor: Ciaran, scheinbar vertieft in die Lektüre eines Buches. Dabei könnte sie schwören, dass seine Augen in Wirklichkeit auf sie gerichtet waren. Seit der Sportstunde am Mittwoch hatte sie das Gefühl, permanent beobachtet zu werden. Und das nicht nur in den Pausen und zu Schulschluss, wenn der Neue offensichtlich in der Nähe ihres Klassenraumes herumlungerte.

Was will er bloß? Gilt seine Beobachtung tatsächlich mir? Oder bilde ich mir das ein? Bestimmt hat er es auf ein anderes Mädchen abgesehen. Vielleicht Tanja. Die hat viele Verehrer. Doch warum habe ich dann den Eindruck, ständig observiert zu werden? Wahrscheinlich bloße Fantasie, ein Wunschtraum. Die Selbstbeschwichtigung lief ins Leere. Ebenso ineffektiv war ihr Vorsatz, nicht in Ciarans Richtung zu schauen. Einen Wimpernschlag lang sahen sie einander in die Augen, bevor er sich das gelbe Büchlein noch ein Stück höher vor das Gesicht hielt.

»Mir reicht's jetzt!«, murmelte Helene. Bevor Aurora etwas erwidern oder tun konnte, drehte sich die Freundin um und steuerte auf Ciaran zu. Sie riss ihm das Buch aus der Hand.

Aurora war unschlüssig, was sie tun sollte – hinübergehen oder sich entfernen. Am liebsten wäre sie im Boden versunken, umso mehr, als sie hörte, was die Freundin dem Jungen in voller Lautstärke an den Kopf warf: »Was soll diese stümperhafte Detektivmasche? Du hältst das Buch verkehrt herum. Hör endlich auf, uns zu beobachten! Was willst du von uns?«

Jemanden dermaßen anzugehen, hätte Aurora sich in hundert Jahren nicht getraut, selbst wenn dieser Jemand nicht so verwirrend blaue Augen hätte. Helene hatte Courage. Dafür bewunderte sie die Freundin. Aurora konnte nicht anders, als die Szene fassungs- und sprachlos zu verfolgen. Ciaran setzte zu einer Antwort an, aber Helene fuhr ihm über den Mund. »Du brauchst es gar nicht abzustreiten. Ich bin nicht blöd.«

Was Ciaran antwortete, konnte Aurora nicht verstehen. Es schien die Freundin zu besänftigen. Sie trat einen Schritt zurück und gab ihm sein Buch wieder. Dann nickte sie und sprach nun ebenfalls sehr leise.

Was gibt es da zu tuscheln? Soll ich hingegen? Bevor sie sich zu einer Entscheidung durchringen konnte, kam Helene auf sie zu. Sie wirkte aufgekratzt. »Stell dir vor, er will ein Date«, sprudelte es sofort aus ihr heraus.

»Ein Date? Hast du zugesagt?«

»Natürlich!«

»Du willst wirklich mit ihm ausgehen?« Dabei hätte Aurora schwören können, Ciaran sei nicht Helenes Typ. Hatte sie noch am Mittwoch selbst verkündet. Woher dieser Sinneswandel?

»Ich doch nicht. Er möchte sich mit dir treffen«, korrigierte Helene.

»Mit mir?«, fragte Aurora atemlos. *Das kann nur ein Scherz sein. Hat Helene gerade gesagt, sie habe Ciaran zugesagt? Wie konnte sie nur?*

»Schau nicht so schockiert.« Helene klang belustigt.

Heftig schüttelte Aurora den Kopf. »Wie konntest du dem zustimmen?«

»Jetzt mach kein Drama draus. Freu dich. Er ist süß. Und die anderen werden vor Neid platzen.« Die Freundin lächelte.

»Ich werde ihm absagen. Und du niemandem davon erzählen.«

»Nichts da! Du wirst morgen mit ihm ins Kino gehen. Und wenn ich dich höchstpersönlich hinschleife.« Sie griff nach Auroras rechtem Oberarm, als wolle sie ihre Ankündigung sofort in die Tat umsetzen.

Sie entzog sich dem Griff. »Nein!« Wenn es nicht dämlich ausgesehen hätte, hätte Aurora die Hände in die Seiten gestemmt, um ihre Entschlossenheit zu verdeutlichen.

»Doch. Dafür verspreche ich, dass ich niemandem davon erzähle.« Helene hob die Hand zum Schwur.

»Das ist Erpressung!« Sie verschränkte die Arme vor der Brust.

Ein Grinsen war die Antwort. Dann drehte Helene sich um und streckte den Daumen nach oben. Aus den Augenwinkeln sah Aurora, dass Ciaran noch immer in der Nähe stand. *Na, toll. Wie viel hat er von dem Gespräch mitbekommen?* Jetzt lächelt er. Er kommt auf mich zu. Was soll ich tun? »Bis morgen! 15 Uhr vor dem Kino«, sagte er – noch immer lächelnd – im Vorübergehen.

Aurora brachte kein Wort heraus. Ihre Hände waren schweißnass. *Oh Gott, ich benehme mich wie eine verknallte Irre. Ich kann mich nicht mit ihm treffen. Ich mache mich total lächerlich. Wenn ich ihn noch länger sehen muss, breche ich in Panik aus.*

Helene legte ihr die Hand auf den Arm. »Atmen!«, wisperte sie. »Und jetzt ab nach Hause, wir müssen dir ein Outfit für morgen aussuchen.«

»Ich kann da nicht hingegen«, protestierte Aurora schwach.

»Du kannst und du wirst!« Helene zog sie durch das Treppenhaus der Schule. Gegen so viel Entschlossenheit kam Aurora nicht an, nicht mal, wenn ihre Knie nicht vor Aufregung zitterten und sie bei jedem Blinzeln die verstörend tiefen Augen von Ciaran vor sich sah.

6

SIE war nicht da. Nicht im Garten und auch sonst nirgends. Die Leere war körperlich spürbar. Die fahlgrünen Blätter hingen schlaff von den Zweigen. Nur vereinzelt wurde der Ruf eines Vogels laut. Er hätte etwas dagegen tun können, den Zauber des Ortes auffrischen. Aber das wäre Energieverschwendung. Ohne SIE war es sinnlos.

Er setzte sich auf eine steinerne Bank, um zu warten. Sie würde kommen. Bisher hatte sie ihn nie im Stich gelassen. Wenn er sie hatte sehen wollen, war sie da gewesen. In letzter Zeit war sie immer häufiger von sich aus in den Garten gekommen. Ihre Verbindung zu diesem Ort war genauso stark wie seine, vielleicht stärker. Sehr ungewöhnlich – möglicherweise einzigartig –, denn dies war sein Platz, sein Traumgespinst, nicht das ihre.

Wiederholt streckte er die Sinne nach der Präsenz aus, die ihm so vertraut war wie der eigene Körper. Bisweilen war da ein kurzes Flackern, aber niemals manifestierte sich die Gestalt der blonden Kriegerin. Schweren Herzens beendete er seine Wacht, um sich für den Rest der Nacht einen anderen – weitaus weniger erquicklichen – Begleiter zu suchen. Lästig, doch notwendig.

7

AM NÄCHSTEN MITTAG, SAMSTAG

Pünktlich um 13 Uhr klingelte es an der Haustür. Als Aurora in den Flur trat, öffnete ihre Mutter gerade Helene die Tür. »Hallo Helene, komm rein! Aurora wartet schon auf dich. Was habt ihr denn vor?«

»Kino.« Noch am Vortag hatten die Freundinnen beschlossen, dass Auroras Eltern nichts von der Verabredung mit Ciaran erfahren mussten. Nicht, dass sie es verboten hätten. Aber auf ihre Neugierde konnte Aurora verzichten. Die Sache war schon nervenaufreibend genug. Sie musste hart mit sich ringen, um nicht wieder mit dem Nägelkauen anzufangen. Ein Teil des farblosen Lacks, der eben dies verhindern sollte, war bereits ihrer Gemütslage zum Opfer gefallen.

»Muss ja ein spannender Film sein. Aurora ist den ganzen Morgen schon so unruhig.«

Dabei habe ich mir solche Mühe gegeben, mir nichts anmerken zu lassen.

Damit Helene nicht irgendetwas Falsches sagen konnte, schoss Aurora die Treppe hinunter und zog die Freundin in ihr Zimmer, drehte dort die Musik noch etwas lauter. Sie wollte ihre Mutter nicht in Versuchung führen, an der Tür zu lauschen.

»Mir ist nicht wohl dabei, deine Mutter anzulügen.« Helene hatte die Stimme gesenkt, obwohl die Tür geschlossen war und das Radio für einen nicht gerade leisen Geräuschteppich aus seichtem Pop sorgte; abgesehen davon, dass sich außer ihnen niemand im Obergeschoss aufhielt.

»Das hast du dir selbst zuzuschreiben. Du hättest Ciaran nicht zusagen müssen.« Aurora verschränkte die Arme vor der Brust. »Dann wäre ich jetzt nicht in dieser beschissenen Lage.«

»Du bist ja immer noch total aufgelöst. Und so, wie du aussiehst, hast du heute Nacht nicht viel Schlaf bekommen.« Helene nahm sie in die Arme und strich ihr kurz über den Rücken, bevor sie sich wieder von ihr löste.

Eine sehr zutreffende Bemerkung. Sie hatte sich die gesamte Nacht hin- und hergewälzt, sich die schlimmsten Szenarien ausgemalt. Aurora war sich beinahe sicher, dass sie während des Treffens kein einziges Wort herausbrächte. »Ich muss die Verabredung absagen«, platzte sie heraus.

»Nichts da! Außerdem hast du nicht mal seine Telefonnummer. Kneifen ist nicht!«, sagte Helene mit einer Entschlossenheit, die für beide Mädchen ausreichen sollte.

Als wenn ich das nicht wüsste. »Du wirst für mich hingehen und ihm sagen, ich sei krank.«

»Vergiss es! Du gehst da hin. Und jetzt zieh dich um. Ich mache dir dann die Haare und schminke dich.« Ihr Ton erlaubte keine Widerrede.

Eine Stunde und etliche Diskussionen später warf Aurora einen Blick in den Handspiegel. Normalerweise trug sie kein Make-up. Helene hatte ihre

Sache gut gemacht, aber es war definitiv zu viel. Besonders die schwarz umrandeten Augen. »So lässt meine Mutter mich nicht aus dem Haus.«

»Wie du meinst.« Helene riss ein Abschminktuch aus der Packung und drückte es Aurora in die Hand.

»Kannst du mir die Augen vorsichtig abschminken. Ich ruiniere dabei sonst den Rest. Das wäre schade um dein Kunstwerk.« Sie lächelte entschuldigend.

»Eigentlich hast du recht. Du brauchst im Grunde genommen keine Schminke. Ein bisschen Wimperntusche lasse ich drauf. Das betont deine Augen zusätzlich. Ich beneide dich echt um die dunklen Augenbrauen.«

»Für meinen Geschmack könnten sie etwas weniger buschig sein.«

»Ach Quatsch. Wenn sie dir zu breit sind, kannst du sie ja zupfen.«

»Das tut schweineweh.« Aurora verzog das Gesicht in Erinnerung an ihren ersten und bisher einzigen Versuch vor ein paar Monaten, dem Wildwuchs mit der Pinzette beizukommen.

»So, fertig.« Helene hielt ihr den Spiegel hin.

»Sehr schön.« Das war ehrlich gemeint.

»Na dann los. Wir wollen doch nicht, dass du zu spät kommst.« Helene hatte schon die Türklinke in der Hand.

»Du begleitest mich bis zum Kino?«

»Natürlich. Ich muss schließlich sicherstellen, dass du mir nicht vorher stiften gehst.«

Tatsächlich habe ich nicht schlecht Lust dazu. Ich werde mich komplett lächerlich machen. Ob es allen vor dem ersten Date so geht?

Unruhig lief er auf und ab. Vor lauter Aufregung war er eine Viertelstunde zu früh am Treffpunkt gewesen. Jetzt war es fünf vor drei und von Aurora

war noch nichts zu sehen. Der Film begann erst eine halbe Stunde nach dem vereinbarten Zeitpunkt. In der Hinsicht musste er sich keine Sorgen machen. Darüber, ob sie auftauchte, schon. *Vielleicht war es keine gute Idee, die Sache über ihre Freundin auszumachen. Andererseits scheint Aurora mir so schüchtern, dass sie mir garantiert eine Abfuhr erteilt hätte.*
Helene hingegen – die ist furchtlos.
Habe ich das falsche Mädchen eingeladen?
Da ist sie! Mit Helene. Hoffentlich bleiben wir nicht zu dritt. Ich muss Zeit mit Aurora alleine verbringen. Sonst finde ich die Wahrheit nie heraus. Ciaran entschied, den beiden Mädchen entgegenzugehen. »Hallo. Schön, dass du gekommen bist, Aurora. Hallo Helene.«
»Ich geh dann mal.«
Aurora sah aus, als wolle sie die Freundin festhalten. Tat sie nicht. Stattdessen stand sie stumm da und schaute, nein, vielmehr starrte ihn an. Für einen kurzen Moment glaubte er, Erkennen in ihren Augen flackern zu sehen. Dann unterbrach sie den Blick, betrachtete, noch immer wortlos, ihre Schuhspitzen. Langsam wurde das Schweigen selbst ihm unangenehm.
»Hübsch siehst du aus«, sagte er schließlich und biss sich Sekunden später auf die Zunge. Nicht, dass es nicht der Wahrheit entsprach. Er konnte sehen, wie viel Mühe sie sich mit ihrem Erscheinungsbild gegeben hatte. Das dezente Make-up verlieh ihrem Gesicht Kontur und das weinrote, knielange Kleid harmonierte perfekt mit ihren haselnussbraunen Augen und dem braunen Haar, welches sie zu einem festen Knoten hochgebunden hatte. Anders als die Kleidung, die sie in der Schule trug, ließ der Schnitt des Kleides Ansätze weiblicher Rundungen erahnen. Eine gute Wahl. Wobei sie ohne diesen Aufwand nicht unattraktiv war, bestenfalls unauffällig. Trotzdem klang sein Kompliment platt und erschien ihm unpassend.

Ihr »Danke« war verhalten und leise, aber begleitet von einem kleinen Lächeln. Ihre Grübchen waren ihm bisher nicht aufgefallen.

»Wollen wir reingehen?« Sie nickte und er sprach weiter. »Ich hoffe, der Film gefällt dir. Viel Auswahl gibt es leider nicht.« Im Grunde genommen keine. Der Animationsfilm war der einzige Streifen, der im Nachmittagsprogramm lief.

»Ich bin da nicht so anspruchsvoll. Mir gefallen fast alle Filme. Was immer im Kino läuft, schaue ich mir an.«

»Den hast du hoffentlich noch nicht gesehen.«

»Nein.«

Ciaran hatte keine andere Antwort erwartet. Selbst wenn sie den Film schon mehrfach gesehen hätte, würde sie es ihm nicht sagen. Zumindest schätzte er sie so ein. *Vielleicht sollte ich mich mit vorschnellen Schlüssen zurückhalten. Immerhin dient die Übung dazu, sie richtig kennenzulernen.*

»Dann ist gut.«

Ohne zu fragen bezahlte er den Eintritt für beide. Aurora äußerte keinen Protest, obwohl sie ihr Portemonnaie schon in der Hand hielt. Wahrscheinlich wäre ihr ein Einspruch unangenehmer gewesen, als von ihm eingeladen zu werden.

»Möchtest du Popcorn?«, fragte er sie.

»Nein.«

»Ein Getränk?«

»Nein.« Ihr Blick war auf den Fußboden gerichtet.

»Oder ein Eis?«, versuchte er es weiter, den Blick auf die Angebotstafel über dem Snacktresen gerichtet.

»Nein.«

»Kannst du was anderes als *Nein* sagen?«

»Ja.« Aus den Augenwinkeln sah er, wie sie dabei rot wurde. *Na toll, jetzt habe ich dafür gesorgt, dass sie sich blöd vorkommt. Reife Leistung. Nun wird sie nicht mehr mit mir reden. Wie nur kann ich die Situation retten?*

Dann überraschte sie ihn: »Tut mir leid.«

Bevor er in ihrem Gesicht nach einer Erklärung für ihre Worte forschen konnte, setzte sie zu einer an: »Tut mir leid, dass ich so einsilbig bin. Ich bin furchtbar aufgeregt. Du kannst froh sein, dass ich überhaupt einen Ton rausbringe.«

»Ich bin auch aufgeregt.« *Allerdings aus anderen Gründen.*

»Das sagst du nur, damit ich mich besser fühle.«

»Nein, ehrlich. Ich schwöre.« Er hob die rechte Hand zum Schwur, während er die linke aufs Herz legte. Dabei bemühte er sich, eine bierernste Miene zu machen. Scheinbar erfolgreich, denn erst lächelte sie, dann entrang sich ihrer Kehle sogar ein kurzes, glucksendes Lachen.

»Dann lass uns beide beschließen, dass es keinen Grund gibt, nervös zu sein, und die Aufregung einfach vergessen«, schlug er vor.

»Ich weiß nicht, ob ich das kann.«

»Versuch es einfach.«

»Unter einer Bedingung: Du sagst mir, warum du dich ausgerechnet mit mir treffen wolltest.« Sie schaute ihn nicht an.

»Weil du mir anders zu sein scheinst und ich dich näher kennenlernen wollte.« Das war nicht gelogen, aber mitnichten die komplette Wahrheit.

»Inwiefern *anders*?«

»Keine Ahnung. Kennst du das nicht, dass du einen Menschen triffst und gleich eine Sympathie oder Antipathie verspürst. Oder eben eine gewisse Verbindung zu demjenigen oder derjenigen.«

Sie überlegte eine Weile. »Doch.« Dann schwieg sie wieder.

Seine Fragen ließ sie an den Zusammenstoß in der Turnhalle denken. Aurora konnte nicht leugnen, dass da etwas gewesen war, was über den Schreck des Beinahe-Unfalls hinausging und auch nichts mit Ciarans Aussehen oder Verhalten zu tun hatte. Rückblickend hatte sie in seinen Augen etwas gesehen, was Erinnerungen und das Gefühl von Vertrautheit geweckt hatte. *Hat es etwas zu bedeuten, dass es ihm genauso ging wie mir?* Kurz schoss ihr der Gedanke an Liebe auf den ersten Blick durch den Kopf. Das war selbstverständlich Schwachsinn, Aurora war nicht verliebt, nicht mal verknallt. Dafür war sie viel zu vernünftig. Das Kribbeln in ihrem Magen war einzig der Aufregung zuzuschreiben.

Er hielt ihr die Tür zum Kinosaal auf. Beinahe wäre sie auf der dunklen Treppe gestolpert. *Na super, wenn das so weitergeht, hält er mich noch für einen kompletten Tollpatsch.*

»Unsere Plätze sind in der letzten Reihe«, meinte Ciaran und machte Anstalten, nach ihrer Hand zu greifen. Sie zuckte zurück, hastete die Stufen förmlich hinauf, nur, um dann auf ihn zu warten.

Er deutete auf die Plätze und ließ ihr den Vortritt. Ein Kuschelsitz? Ohne trennende Armlehne! Jetzt verstand sie, warum der Verkäufer Ciaran beim Kartenkauf verschwörerisch zugezwinkert hatte.

Ciaran bemerkte ihr Zögern. »Es wird bestimmt nicht voll. Wenn du willst, setzen wir uns einfach woanders hin.«

Sie schwankte, ob sie zustimmen sollte. Einerseits wäre es ihr unangenehm, so dicht neben ihm zu sitzen, andererseits wollte sie nicht, dass er sie für empfindlich hielt. »Nein, schon okay.« Es klang nicht so locker, wie es sollte.

Er ließ sie vorausgehen. Als er sich setzte, war eine gute Handbreit Platz zwischen ihnen. Damit konnte sie leben. Sie schaffte es sogar, sich einigermaßen entspannt zurückzulehnen. Leise Musik rieselte aus den Lautsprechern. Während sich der Kinosaal langsam füllte, suchte Aurora krampfhaft nach einem Gesprächsthema. Ciaran tat ihr nicht den Gefallen, eine Unterhaltung zu beginnen. Sie hatte das Gefühl, dass er sie anstarrte, traute sich nicht, einen Blick zur Seite zu werfen, um ihren Eindruck zu bestätigen. Der Beginn der Werbung erlöste sie aus der unbehaglichen Situation.

Er hatte sie kennenlernen wollen, aber als der Abspann lief, hatte Ciaran nicht wirklich das Empfinden, etwas über Aurora erfahren zu haben, was ihn weiterbrachte. Dabei hatte er sie im schummrigen Licht der Leinwand immer wieder beobachtet. So erfuhr er, dass sie den Film mochte. Außerdem erschien sie ihm wesentlich entspannter als zu Beginn der Verabredung. Konnte er es riskieren, sie noch auf ein Eis einzuladen? Ob sie Eis mochte?

»Wie fandest du den Film?«, fragte sie ihn, als die Leinwand schwarz wurde.

»Nicht schlecht.« *Hoffentlich will sie nicht über die Handlung reden, denn davon habe ich kaum etwas mitbekommen.* »Hast du Lust, noch ein Eis zu essen?«, fragte er und kam so etwaigen Peinlichkeiten zuvor.

Sie warf einen Blick auf ihr Handy. *Gleich wird sie sagen, dass es schon spät ist. Dabei ist es erst kurz nach sechs.* »Oder vielleicht eine Pizza?«, fügte er schnell hinzu.

»Gerne.«

Das kam überraschend. »Eis oder Pizza? Beides?«

»Beides!«

»Na dann.«

Er hielt ihr die Tür des Kinos auf. Der Italiener war nur wenige Schritte entfernt – wie in dieser Kleinstadt alles nur einen Steinwurf entfernt war.

Sie bestellte eine Pizza mit Salami und Peperoni, er eine mit Zwiebeln und doppelt Käse. Noch während sie warteten, begann sie wie ein Wasserfall zu reden. Sie erzählte von der Schule und ihrer Familie – eine fürsorgliche Mutter, ein zumeist abwesender Vater und zwei ältere Brüder, die mit der kleinen Schwester nicht viel anzufangen wussten, außer wenn es darum ging, Hausarbeit auf sie abzuwälzen. Die liebevolle Art, wie sie von ihren Angehörigen sprach, ließ ihn, nicht zum ersten Mal, wünschen, eine richtige Familie zu haben. Wie es wohl wäre, gäbe es nicht nur Mel und ihn?

Es war nicht so, dass Aurora ihm keine Fragen stellte, es gelang ihm stets, sie immer wieder dazu zu bringen, über sich zu sprechen. Als sie sich nach einem kleinen Eisbecher gegen acht Uhr verabschiedeten – er mit dem Versprechen, sie anzurufen – wusste sie kaum mehr über ihn, als dass er erst vor einer Woche in die Stadt gezogen war und mit seiner älteren Schwester Melanie im Dachgeschoss eines Mehrfamilienhauses wohnte. Mehr brauchte sie, Ciarans Meinung nach, erst einmal nicht wissen.

Das Wesentliche war ohnehin ohne Worte geschehen. Nachdem sie ihre Aufregung überwunden hatte, war sie so offen gewesen, wie man es nur jemandem gegenüber ist, den man kennt, dem man vertraut. Wiederholt hatte Ciaran dieses Vertrauen in Auroras Augen gesehen. *Jetzt bin ich mir sicher! Sie ist die Eine!*, war der Gedanke, der ihn in die Nacht begleitete.

»Wo warst du?«

Der Ton ihrer Mutter verriet Aurora, dass Ärger drohte. *Hat sie etwa von meiner Lüge erfahren? Oder liegt es nur daran, dass es später geworden ist? Reite ich mich weiter rein, wenn ich bei meiner Geschichte bleibe?*

»Im Kino mit Helene. Und danach waren wir noch Eis essen.«

»Mit Helene?«

Aurora nickte.

»Seltsam, denn die hat vor einer halben Stunde angerufen und wollte dich sprechen.«

Merde! Ich hätte Helene über die Verlängerung des Dates informieren müssen!

»Also, mit wem warst du unterwegs?«, bohrte ihre Mutter weiter.

Jetzt half nur noch die Wahrheit. »Mit Ciaran«, antwortete sie leise. Es klang schuldbewusst. Leider war sie nicht so abgebrüht, es in einem beiläufigen Ton und mit fester Stimme vorzubringen.

»Ciaran? Wer ist das?«

»Ein Junge aus der Parallelklasse«, antwortete Aurora noch leiser. Es war ein Wunder, dass ihre Mutter sie verstand.

»Also ein Date. Das musst du nicht verheimlichen. Oder gibt es da etwas, was gegen unsere Absprache verstößt?«

Die Absprache, das hieß, dass sie nur mit ausdrücklicher Erlaubnis ihrer Eltern zu einem Jungen nach Hause gehen durfte und dies nur, wenn sie dort nicht allein waren. »Nein. Wir waren im Kino und danach in der Pizzeria«, erwiderte Aurora, bevor sich ihre Mutter all die Horrorgeschichten in Erinnerung rufen konnte, die über frühreife Teenager und die Folgen kursierten. Aurora fand diese Ängste unrealistisch. Sollte ihre Mutter sie nicht gut genug kennen, um zu wissen, dass sie so etwas nie täte. Selbst wenn sie Mauerblümchen das Interesse eines Jungen gewinnen könnte. Was ausgeschlossen war. Na ja, zumindest hatte sie das bisher geglaubt.

»Meine Güte, dein erstes Date. Es war doch dein erstes? Oder hast du mir noch mehr verheimlicht?«

»Nein.« Aurora schüttelte heftig den Kopf.

»Das will ich auch hoffen. Du weißt, ich hasse Lügen. Zumal es keinen Grund dafür gibt.«

Als ob deine Neugierde nicht Grund genug ist. Sie kaute auf ihrer Unterlippe. Schon ging die Fragerei weiter: »Hat er dich gefragt oder du ihn? Ist er nett? Werdet ihr euch noch mal treffen? Wann lerne ich ihn kennen?«

Ihre Mutter ließ ihr nicht mal die Zeit zu antworten. Das hatte Aurora sowieso nicht vor. Sie verschränkte die Arme und schielte in Richtung Wohnzimmer. Der Fernseher lief. Ihr Vater war da. Wahrscheinlich war es zu viel verlangt, dass er aufstand und nachschaute, was auf dem Flur vor sich ging. Er bevorzugte es, sich aus Problemen herauszuhalten, ganz besonders aus heiklen Teenager-Mädchen-Themen. Wobei, er wusste nicht, worum es ging. Noch nicht. Sobald sie Aurora genug gequält hatte, würde ihre Mutter es ihm brühwarm erzählen und nicht eher zufrieden sein, bis sie ihrem Mann mehr als ein desinteressiertes Brummen entlockt hatte.

Die fragenden, erwartungsvollen Blicke ihrer Mutter verwandelten das Schweigen zwischen ihnen in eine zähe, kaugummigleiche Masse, die allmählich den gesamten Flur zu füllen begann.

Nach einer gefühlten Ewigkeit erklang das Geräusch eines Schlüssels im Schloss. Aurora war selten so froh, Tommy, den jüngeren ihrer Brüder, zu sehen. Mit etwas Glück würde er das neue Opfer der Wissbegierde ihrer Mutter. Obwohl er schon fast achtzehn war, genoss er in der Hinsicht nur unwesentlich mehr Freiräume als seine knapp drei Jahre jüngere Schwester. »Und Tommy, mit wem hast du dich wieder rumgetrieben? Hoffentlich nicht wieder mit diesen Rowdys?«

Aurora hörte die Antwort nicht mehr, denn sie nutzte die nachlassende Aufmerksamkeit, um in ihr Zimmer zu schlüpfen. In aller Regel respektierte ihre Mutter die geschlossene Tür. Einer weiteren Auseinandersetzung fühlte sie sich beim besten Willen nicht gewachsen. Obschon das Zusammentreffen mit ihrer Mutter sie einen Augenblick davon abgelenkt hatte, die Stunden mit Ciaran hatten Chaos angerichtet. Sie musste nachdenken.

Aurora ließ sich auf ihr Bett fallen. Sobald sie die Lider schloss, sah sie Ciarans Gesicht vor sich. Seine Iriden hatten wirklich etwas Verstörendes. Obgleich sie ihn im Restaurant angeschaut hatte, wann immer sie glaubte, er bemerke es nicht – mehr als einmal eine Fehleinschätzung, die sie mit Ertapptwerden und Erröten bezahlte –, hatte sie nicht herausgefunden, welche Farbe seine Augen hatten. Wie konnte etwas nur so diffus sein?

Umso klarer hingegen war die Erinnerung an seine Stimme. Sie passte nicht zu einem Jungen in seinem Alter. Zu ruhig, frei von den hohen Tönen des Stimmbruchs. Vielleicht lag darin der Grund, dass sie sie als so angenehm empfand. *Ob die sympathische Stimme mich dazu verleitete, ohne Punkt und Komma zu reden? Denn das habe ich. Ist mir leider erst auf dem Heimweg aufgefallen. Jetzt denkt er bestimmt, ich gehöre zu der Sorte Mädchen, die sich für den Nabel der Welt hält. Dabei bin ich gar nicht so. Er hat einen völlig falschen Eindruck von mir bekommen. Bestimmt wird er mich nicht anrufen. Obwohl er es versprochen hat.*

Ciaran ist niemand, der seine Versprechen bricht.

Woher will ich das wissen? Außer, dass er mich komplett kirre macht, weiß ich so gut wie nichts über ihn. Er ist kaum zu Wort gekommen. Was hat mich nur geritten, zu quatschen wie ein Wasserfall? Wahrscheinlich habe ich ihn sogar mehrmals unterbrochen, wenn er etwas sagen wollte.

Warum habe ich nichtsdestotrotz den Eindruck, ihn zu kennen? Seltsame Sache, diese gefühlte Vertrautheit. Woher kommt die nur? Ist sie Einbildung? Verliebtheit? Unsinn. Ich bin nicht verliebt. Das Kuddelmuddel sind unmöglich Schmetterlinge im Bauch.

Aurora hatte schon genug Teenie-Romane gelesen, um zu wissen, wie es sich anfühlen musste, wenn man verliebt war. Theoretisch war sie eine Expertin auf dem Gebiet. Dass ihre erste Verabredung sie in einen solchen Gemützustand versetzte, hatte sie nicht erwartet.

Um die Malaise perfekt zu machen, klingelte ihr Telefon. Sie wollte nicht rangehen. Immerhin könnte es Ciaran sein. Wenn sie nicht abnahm, würde es auf dem Apparat ihrer Eltern läuten. Dass ihre Mutter mit Ciaran sprach, wollte Aurora noch viel weniger. Beinahe wäre ihr das Telefon aus der Hand geglitten.

»Hallo?«, brachte sie hervor.

»Hallo Aurora.« Es war Helene. Was für eine Erleichterung. Andererseits, es wäre schön gewesen, Ciarans Stimme zu hören. Sie verscheuchte den Gedanken und merkte, dass sie nicht mitbekommen hatte, was Helene sagte.

»Helene, was hast du gesagt?«

»Ich fürchte, ich habe unseren Schwindel auffliegen lassen. Tut mir leid.«

»Schon gut. Du konntest nicht ahnen, dass ich so spät nach Hause komme. Im Grunde genommen war es meine Schuld.« Niemals wäre sie auf die Idee gekommen, der Freundin wegen des Anrufs böse zu sein. Vielmehr tat es ihr leid, sie in die Sache hineingezogen zu haben. Helenes nächste Frage nach dem Verlauf des Treffens wollte sie dennoch nicht beantworten. »Lass uns ein anderes Mal darüber reden.«

»So schlimm?«, fragte Helene sanft.

»Jein.«

»Du sprichst in Rätseln.«

»Ich kann jetzt einfach noch nicht darüber sprechen.«

»Es war keine Katastrophe apokalyptischen Ausmaßes, oder?«

»Nein.«

»Werdet ihr euch noch mal sehen?«, bohrte Helene weiter.

»Wir gehen auf dieselbe Schule. Das wird sich wohl kaum vermeiden lassen.«

»Ich merk schon, aus dir bekomme ich heute nichts mehr raus.«

Ich habe schon mehr erzählt, als ich wollte. Passiert mir bei Helene leider immer. »Du, ich bin müde. Wir sehen uns am Montag in der Schule.«

»Okay. Wenn du reden möchtest, du kannst mich jederzeit anrufen.«

»Danke. Ich hab dich lieb.«

»Ich dich auch. Schlaf gut!« Aurora verspürte Erleichterung, als sie auflegte.

8

Er sollte einige Stunden schlafen. Es war wichtig, dass er ausgeruht in den Traum ging. Ciarans Ungeduld jedoch ließ keine Wartezeit zu. Nicht, dass dies eine Rolle gespielt hätte. Immerhin war er gerade dabei, die wichtigste aller Regeln zu brechen: keine Vermischung von Traum und Realität. Angesichts dessen kam es auf einen weiteren Regelverstoß nicht mehr an.

Im Grunde genommen habe ich das oberste Gebot bereits verletzt. Ich hätte mich niemals auf die Suche nach der Einen begeben sollen, deren Träume für mich so unwiderstehlich sind. In den letzten drei Jahren habe ich die Träume Hunderter Menschen besucht. Nur bei ihr habe ich das Bedürfnis, es immer wieder zu tun. Die Energie der Fantasiegebilde lässt sich nicht bemessen, aber ich könnte schwören, dass ihre besonders reichhaltig sind. Zumindest kommt es mir so vor. Ob sich daran etwas ändert, jetzt, da ich mit Sicherheit den

Namen, das Gesicht, das Leben zu diesen Träumen kenne? Kann ich sie so wahrnehmen wie bisher? Werde ich es überhaupt können?

Der schreckliche Gedanke ließ ihn aus dem gelben Cordsessel auffahren. Das Gefühl maßlosen Verlusts bemächtigte sich seiner. *Ich muss ruhig bleiben! Noch kenne ich die Auswirkungen nicht.*

Dreimal durchschritt er sein Zimmer, zwang seinen Atem in einen gleichmäßigen Rhythmus, bevor er sich wieder in das Polster fallen ließ, welches seinen Körper so angenehm umschloss, förmlich einhüllte. Das Möbelstück stand in seinem Zimmer, seit er denken konnte, gehörte zu den wenigen Dingen, die sie auf jedem Umzug begleiteten. Mel hatte Ciaran darauf trainiert, diesen Sessel als sicheren Ort wahrzunehmen, gleichsam Hort der Geborgenheit und Ankerpunkt.

Mel zufolge brauchte ein jeder der Ihren einen Anker, doch es musst nicht etwas so Großes sein. Daher hatte er vor zwei Monaten begonnen, mit einem Anhänger zu experimentieren, den Mel ihm zu seinem vierzehnten Geburtstag geschenkt hatte. Er zog den kleinen, an einem Lederband befestigten Silberstern aus dem Ausschnitt seines Shirts, umfasste ihn mit der rechten Hand. Dann schloss Ciaran die Augen und glitt hinüber.

Erleichterung wallte in ihm auf, als ein leises Klingen – wie von zartem Glas – ihre Ankunft im Garten ankündigte. Und machte Besorgnis Platz, als sie über die weite Rasenfläche auf ihn zuschritt. In ihrem Blick lag etwas Unstetes. Fast glaubte er, ihre Gestalt flackern zu sehen. Erstmals schien sie Probleme zu haben, sich in dieser, seiner Welt zu verankern. Sie musste es ebenfalls fühlen, denn ihre zaghaften Schritte, ihre Haltung drückten eine diffuse Angst aus.

Erneut verspürte er Furcht. Hatte er alles zerstört? Er atmete tief durch. Es kostete ihn nur wenig Energie, seinen Geist nach dem Gefüge hinter den Bildern auszustrecken. Fest und stabil stand das Geflecht aus seinen und ihren Anteilen an diesem Traum. Mehr noch: Während er es beobachtete, bildeten sich neue Verknüpfungen, schufen ein stärkeres Gerüst. Unfassbare Erlösung. Seine Freude ließ die Farben des Gartens einen Hauch intensiver strahlen.

Als übertrüge sich sein Hochgefühl auf sie, schwand das Unbehagen in ihren Zügen.

»Hallo.« Ihre Stimme hatte sich seit ihrem letzten Zusammentreffen gewandelt, klang mehr nach ihrem realen Selbst. Zumindest in seinen Ohren. Ihr Aussehen hatte sich ebenfalls verändert. Obgleich sie nach wie vor die Insignien einer Kriegerin trug, steckte mehr von Aurora in ihrer Gestalt, die fast knochige Schlankheit ebenso wie das braune Haar. All diese Veränderungen machten ihm bewusst, wie leicht der Traum beeinflusst werden konnte, sowohl durch das Unterbewusstsein des Träumers als auch – in einem weitaus stärkeren Maße – durch das Bewusstsein des Traumwanderers.

»Hallo.« Er lächelte sie an. »Wie geht es dir?« Viele Traumwelt-Zyklen hatten sie diese Phase des höflichen Herantastens nicht mehr benötigt, waren mit einem stetig wachsenden Maß an Vertrautheit in jeden neuen Abschnitt gestartet. Es schien ihm angemessen, behutsam vorzugehen.

»Ich weiß nicht. Irgendwie seltsam. Was ist das für ein Ort?«

Wenn er noch irgendwelche Zweifel am Beginn eines neuen Zyklus gehabt hätte, wären sie ausgeräumt gewesen. Seit er diesen Ort für sie beide geschaffen hatte – im Laufe des dritten Zyklus war es gewesen – hatte sie zwar immer dahin zurückgefunden, sich jedoch bei jeder neuen

Traumepisode nicht mehr daran erinnern können. Die Erinnerungen daran waren ebenso unterschwellig wie die an ihn: Vertrauen, Erkennen, kein Wissen.

»Unser gemeinsamer Ort, deiner und meiner«, antwortete er.

Ihr Lächeln veranlasste ihn dazu, sie in einem Anflug ungewohnter Impulsivität zu umarmen. Sie ließ es nicht nur geschehen, sondern schmiegte sich in seine Umarmung, legte den Kopf auf seine Schulter.

»Aurora«, flüsterte er in ihr Haar.

»Ciaran«, drang es ebenso leise über ihre Lippen.

9

Verwirrt schaute sie sich in dem dunklen Raum um. Nur langsam drang in ihr Bewusstsein, dass es ihr Zimmer war, ihr Bett. Jäh war sie aus dem Schlaf gerissen worden.

»Ciaran«, hauchte Aurora tonlos, beseelt von der Gewissheit, dass er es war, von dem sie geträumt hatte. Nein, nicht bloß geträumt. Es war mehr als ein Traum gewesen. Es war nicht weniger intensiv als ihr Zusammentreffen am Nachmittag. Sie konnte fast glauben, dass der Junge mit den faszinierenden Augen diese Begegnung hereingeführt hatte und für deren abruptes Ende verantwortlich war. Was Unsinn war, Träume entsprangen dem Unterbewusstsein, das wusste schließlich jedes Kind. *Ach Aurora, reiß dich zusammen!*, mahnte sie sich selbst. *Ein Date und du bist komplett am Durchdrehen.*

Sie schaute auf den Wecker. Kurz vor zehn.

Lange hatte sie nicht geschlafen, war vielmehr nur weggenickt. So aufgewühlt, wie sie wegen der Verabredung und den Fragen ihrer Mutter und Helenes gewesen war, grenzte es an ein Wunder, dass sie hatte schlafen können. Sie war sich nicht sicher, ob sie sich wünschen sollte, dass es ihr wieder gelänge. Der Traum hatte einen seltsamen Nachhall hinterlassen. Sich erneut mit Ciaran konfrontiert zu sehen, dem fühlte sie sich nicht gewachsen.

Wenn meine Gedanken sich weiter um ihn drehen, denke ich nachher noch, ich sei in ihn verliebt. Dabei trifft das in keiner Weise zu. Ebenso wenig ist er in mich verliebt. Wobei, manchmal hat er mich so komisch angesehen. Und woher will ich wissen, wie es ist, wenn ein Junge verknallt ist. In mich hat sich noch nie jemand verkuckt. Ich bin immer diejenige, die sich insgeheim über das Liebesdrama der anderen lustig gemacht hat. Ich habe mir geschworen, dass ich mich nie so idiotisch verhalten werde. Jetzt liege ich schlaflos im Bett und grübele über einen Jungen nach. Das muss aufhören, sofort!

Aurora richtete sich auf, knipste die Leselampe an und griff nach dem obersten Buch auf dem Stapel neben ihrem Bett. Eine Liebesgeschichte. Besser nicht. Sie wühlte sich weiter durch den Stapel ungelesener Bücher – als Leseratte achtete sie darauf, dass dieser niemals niedriger als kniehoch war –, bis sie auf eine Detektivgeschichte stieß.

Die ersten Seiten waren vielversprechend. Damit konnte sie sich einige Stunden ablenken.

Ihre Eltern sähen später, wenn sie ins Bett gingen, das Licht unter der Tür. Das war okay; an Wochenenden hatten sie nichts dagegen, wenn ihre Tochter bis in die Morgenstunden las. Sie waren froh, dass sie ihre Zeit nicht mit der Spielekonsole verbrachte, wie ihre Brüder es mit wahrer Leidenschaft taten.

10

Mel schleifte den gelben Sessel dermaßen rabiat aus dem Zimmer, dass das Holz des Türrahmens eine Kerbe und das Laminat tiefe Kratzer davontrugen. *Der Vermieter wird nicht begeistert sein. Immerhin bin nicht ich es, an dem sie ihre Wut auslässt. Wobei ich wahrscheinlich ordentliche blaue Flecke an den Oberarmen bekommen werde, so unsanft, wie sie mich hochgezerrt hat. Ich möchte ihr die übelsten Schimpfwörter an den Kopf hauen, aber bei ihrem Gesichtsausdruck fange ich mir da heute garantiert eine Ohrfeige. Oder Schlimmeres. So wütend habe ich meine Mutter noch nie erlebt. Sie ist nicht der autoritäre Typ. Stünde ihr nicht gut zu Gesicht, so jung, wie sie aussieht. Deswegen gibt sie sich immer als meine ältere Schwester aus. Selbst ich vergesse manchmal, dass sie meine Mutter ist und in Wirklichkeit schon 45 Jahre alt. Sobald unsereins mit dem Traumwandern anfängt – also ab dem 15. Lebensjahr –, altern wir langsamer. Das Verhältnis liegt so ungefähr bei eins zu drei im Vergleich zu »normalen« Menschen. Manchmal ist das ganz schön anstrengend. Das habe selbst ich mit meinen 17 Jahren schon gemerkt. Die Fünfzehnjährigen in meiner optischen Altersklasse sind solche Kinder – von einigen, wenigen Ausnahmen abgesehen.*

»Und jetzt zu dir.« Mel wandte sich ihm zu, nachdem sie seinen Sessel in ihr Zimmer gebracht und demonstrativ abgeschlossen hatte.

So bald werde ich den nicht wiedersehen. Was für normale Jugendliche Hausarrest ist, ist für mich Traumwanderverbot. Zum Glück ahnt sie nichts davon, dass ich den Anhänger benutzte. Er ist mir bei ihrer Attacke aus der Hand zurück in meinen Ausschnitt gerutscht.

Sie blickte Ciaran erwartungsvoll an. Was vermutete sie? Was wusste sie? Und woher? Er entschied sich, zunächst den Ahnungslosen zu geben. »Was ist denn los?«

»Du fragst mich allen Ernstes, was los ist?« Ihre Nasenlöcher blähten sich. *Fehlt nur noch der Rauch*, dachte er und musste ein Lächeln unterdrücken. Das verginge ihm mutmaßlich ohnehin sofort. »Wer ist sie?«

»Niemand!«

»Für niemand seid ihr sehr vertraut. Eine Beziehung innerhalb eines Traums, habe ich dir gar nichts beigebracht?«

»Du hast mich belauscht!« Ciaran war sauer. Obwohl die meisten erfahrenen Traumwanderer die Technik des Belauschens beherrschten, wurde sie gemeinhin nur eingesetzt, um junge Traumwanderer bei ihren ersten Reisen zu leiten und zu begleiten. Alles andere galt als unangemessenes Eindringen in die Privatsphäre.

»Ja, ich habe dich belauscht. Zu Recht, wie sich zeigt. Immerhin scheinst du ganz wild darauf zu sein, dich in Schwierigkeiten zu bringen. Also, wie lange läuft das jetzt schon?«

Das hatte ihr Lauschangriff glücklicherweise nicht zutage fördern können. Wiewohl er sie selbst nicht gelernt hatte, wusste Ciaran um die Grenzen der Methode. Weder konnte Mel die Bilder seines und Auroras Traums gesehen haben, noch hatte sie jedes ihrer Worte gehört – die ohnehin nicht wirklich verräterisch gewesen waren. Das sogenannte Belauschen war vielmehr ein Erspüren von Gefühlen und Stimmungen, zu ungenau, um zu wissen, wie wichtig ihm Aurora war. Dennoch musste er Eingeständnisse machen, die glaubhaft genug waren, um Mel von weiteren Nachforschungen abzuhalten. Bisher wusste seine Mutter nicht, dass sich sein Kontakt zu Aurora nicht auf die Traumsphären beschränkte. Erführe sie dies, wäre alles vorbei. Sie verließen die Gegend, wahrscheinlich sogar das Land schneller, als er kucken konnte.

Mel wippte ungeduldig mit dem rechten Fuß. Ihre Miene war noch finsterer geworden, wie immer das möglich war.

»Es war der dritte Traumzyklus«, nuschelte er, den Blick auf den Boden gerichtet.

»Dass dies zwei zu viel waren, muss ich dir hoffentlich nicht erklären.« Sie packte ihn bei der Schulter und zog ihn ins Wohnzimmer, wo sie ihn nötigte, auf der Couch Platz zu nehmen. Das würde ein langes und unangenehmes Gespräch. Er wappnete sich innerlich.

11

Ich werde es melden müssen. Nein, das kann ich nicht tun. Er ist mein Sohn. Ich habe keine Ahnung, welche Strafe auf eine Übertretung der Regeln steht. Es ist schließlich nichts Schlimmes passiert. Noch nicht. Ich muss dafür sorgen, dass das so bleibt. Ich muss Ciaran beschützen. Vor sich selbst. Und vor der AzUnW.

Die Entdeckung von Ciarans Regelverstoß brachte Mel in eine verzwickte Lage. Seine Unvernunft alleine wäre Grund genug zur Sorge gewesen, doch es gab eine weitere Gefahr: die AzUnW.

Die *Agentur zur Unterstützung nichtmenschlicher Wesen* war eine Institution, die sich um die Belange all jener Wesenheiten kümmerte, die unentdeckt unter der menschlichen Bevölkerung leben wollten oder mussten. Als Traumwanderin hatte Mel nie eine Wahl gehabt, sie war aufgrund ihrer

Physiologie auf die Erd-Ebene beschränkt. Ein Wechsel in eine der sieben himmlischen Sphären oder sieben Unterwelt-Ebenen hätte sie auf immer von ihrer überlebenswichtigen Energiequelle, den menschlichen Träumen, abgeschnitten. Traumwanderer waren ohnehin nicht zu einem Sphärenwechsel in der Lage. Soweit Mel wusste, waren sie die einzige Spezies außer den Menschen, die auf der Erd-Ebene beheimatet und an sie gebunden waren. Andere Wesenheiten kamen freiwillig, mussten sich jedoch, ebenso wie sie, der allgemeinen Geheimhaltung ihrer Existenz verpflichten. Die AzUnW verstand in diesem Punkt keinen Spaß. Traumwanderer waren angehalten, eine eingegangene Bindung zu melden, damit der Mensch als Eingeweihter registriert werden konnte. Mel war sich fast sicher, dass dies mit einer zumindest zeitweiligen Überwachung der Person einherging. Nichtmenschliche auf der Erdebene standen ebenfalls unter Beobachtung der AzUnW, ob sie wollten oder nicht. Nichtsdestotrotz hatte Mel lange versucht, die AzUnW so weit wie möglich aus ihrem Leben herauszuhalten.

Es war kompliziert, zwei Traumwanderer vor den Augen der Menschen zu verbergen. Datenbanken und elektronische Ausweise machten es schwierig, sich immer wieder neue Identitäten aufzubauen, stimmige Lebensläufe zu erschaffen. Anfangs hatte sie versucht, alleine klarzukommen, hatte Menschen aus dem kriminellen Milieu dafür bezahlt, dass sie Ciaran und ihr neue Papiere beschafften. Irgendwann war das Erbe ihrer Eltern, die vor zwanzig Jahren bei einem Autounfall im für Traumwanderer untypischen Alter von 55 und 57 Jahren umgekommen waren, aufgebraucht und sie hatte sich schweren Herzens an die AzUnW wenden müssen. Es war nicht so sehr die AzUnW-Überwachung, die Mel störte und lange hatte zögern lassen, sich an dieser Stelle Hilfe zu holen. Weitaus schlimmer fand sie die Tatsache, dass die Unterstützung ihren Preis hatte. Als sie das erste Mal vor fünf Jahren eine neue Identität für Ciaran und sich von der AzUnW erhalten hatte, hatte sie sich dazu verpflichtet, für die Organisation zu arbeiten. Sie musste die Augen nach Aktivitäten anderer nichtmenschlicher Wesenheiten in ihrer Umgebung offenhalten und alles, was sie entdeckte – nicht nur die Regelbrüche – melden. Bisher hatte sie das nie in Gewissenskonflikte gebracht, obschon sie den ein oder anderen Dämon sowie einen diebischen Kobold angeschwärzt hatte. Jetzt standen die Dinge anders. Was Ciaran getan hatte, war meldepflichtig. Damit, dass er einen Träumer mehrfach besucht und länger als einen Traumzyklus begleitet hatte, hatte er sich der Gefahr der Entdeckung ausgesetzt.

Sie konnte es nicht tun. Obgleich Ciarans Fehltritt bisher keine Auswirkungen gehabt hatte, die AzUnW war nicht für Milde bekannt. Und selbst wenn er ohne ernsthafte Strafe davonkäme, Mel wollte nicht, dass er mit der Organisation in Kontakt kam. Bisher ahnte er nichts von deren Existenz und wenn es nach ihr ging, sollte das lange so bleiben. Und was ihre Tätigkeit als Spitzel für diese Gruppe anging, so wollte sie nicht, dass er jemals davon erfuhr. Ciaran sollte nicht das Gefühl haben, ein Leben unter ständiger Beobachtung zu führen. Mel entschied, dass jede Strafe, die sie ihm auferlegte, besser wäre als der Kontakt zur AzUnW.

12

Der Sonntag war verstrichen, ohne dass Ciaran angerufen hätte. Aurora schalt sich eine Närrin, dass sie damit gerechnet hatte. Hätte sie den Sonntag nicht ohnehin mit Ausschlafen und Lesen verbracht, wäre es schade um die Zeit gewesen, die sie sich in der Nähe ihres Telefons herumgedrückt hatte. Warum hatte sie Ciaran nicht nur die Nummer ihres Handys, sondern ebenso die ihres Festnetzanschlusses gegeben? Wenn sie nicht höllisch aufpasste, konnte es passieren, dass einer ihrer Brüder oder – schlimmer noch – ihre Eltern den Hörer abnahmen.

Seit sie wusste, dass Aurora ein Date gehabt hatte, war ihre Mutter ohnehin schwer zu ertragen. Sobald Aurora sich blicken ließ, versuchte ihre Mutter, durch in keinster Weise raffinierte Nachfragen mehr zu erfahren. Die Mahlzeiten am Sonntag waren der reinste Horror gewesen und nur durch vorgeschobene Schularbeiten hatte sie einer gemeinsamen Radtour entgehen können. Hoffentlich verlöre ihre Mutter rasch das Interesse an der Sache. Sonst gelänge es Aurora nie, die leidige Angelegenheit zu vergessen. Und das wollte sie, weil sie merkte, wie idiotisch sie sich benahm. Viel zu oft schweiften ihre Gedanken zu Ciaran, und noch bevor sie am Montag den Schulhof betrat, hielt sie Ausschau nach seinem blonden Schopf. Vergeblich.

Dafür entdeckte sie Helene. Aurora tat es leid, dass sie die Freundin am Samstag am Telefon so kurz abgefrühstückt hatte. Obwohl sie nach wie vor keine Lust hatte, Einzelheiten über das Treffen mit Ciaran preiszugeben, steuerte sie auf Helene zu.

Täuschte sie sich, oder war die Umarmung zur Begrüßung etwas weniger eng als gewöhnlich? »Bist du mir böse?«, fragte sie sicherheitshalber auf dem Weg ins Klassenzimmer.

»Nein.« Bei Helene konnte sie sicher sein, dass dies so gemeint war. Auf ihre Ehrlichkeit konnte sie sich immer verlassen – was bisweilen schmerzhaft war. Besser so als dieses falsch-freundliche Getue, welches Veronika und ihre Clique bis zur Perfektion beherrschten.

Wie froh ich sein kann, dass Helene meine Freundin ist. In der Hofpause werde ich ihr erzählen, wie das Treffen gelaufen ist. Vielleicht kann sie mir sagen, was ich davon halten soll, dass Ciaran noch nicht angerufen hat.

Dazu kam es nicht. Als es zur Hofpause klingelte, passte Ciaran Aurora auf dem Flur ab. »Hallo. Wie geht's?«

Sie brauchte einen Augenblick, um den Kloß im Hals runterzuwürgen. »Gut. Danke.«

»Ich geh dann mal«, flüsterte Helene von der Seite und verschwand.

»Tut mir leid, dass ich nicht angerufen habe. Meine Schwester hat mich den ganzen Sonntag in Beschlag genommen.«

»Kein Problem.« Sie winkte ab und ärgerte sich im gleichen Moment, dass sie nicht eine bessere Antwort parat gehabt hatte. *Du wolltest anrufen? Hatte ich komplett vergessen!, wäre viel cooler gekommen. Solche Dinge fallen mir leider immer erst hinterher ein.*

»Hast du heute Nachmittag Zeit?«

Er will mich noch einmal treffen? Soll ich Ja oder Nein sagen? »Ja. Zumindest, wenn wir nicht zu viele Hausaufgaben bekommen.« *Sehr gut. Das gibt mir wenigstens die Möglichkeit, meine Meinung zu ändern.*

»Schön, dann hole ich dich nach deiner Geschichtsstunde ab.«

Er kennt meinen Stundenplan?!

Jemand schubste Aurora beiseite. Veronika. Wenn es einen Augenblick gab, an dem sie sich wünschte, unsichtbar zu sein, dann diesen. Sie wollte sich nicht einmal ausmalen, welche Gemeinheiten sich die Feindin ausdächte, nur weil Aurora es gewagt hatte, mit Veronikas Schwarm Ciaran zu reden. Wenn sie erfuhr, dass die beiden sich am Samstag getroffen hatten …

Veronika würdigte sie keines Blickes, sondern stürzte sich gleich auf Ciaran. »Willst du nicht die Pause mit uns«, sie wies auf ihre Clique, die in der Nähe stand, »verbringen?«

»Nein danke, wie du siehst, habe ich schon Gesellschaft.«

Veronika warf Aurora einen verächtlichen Blick zu. »Die? Das solltest du dir noch mal überlegen. Man ist so schnell raus.«

Aurora formte mit ihren Lippen ein stummes »Geh nur«, begleitet von einer entsprechenden Handbewegung. Es schien ihr, als habe er verstanden. Dennoch rührte er sich nicht von der Stelle. Wie konnte er nur so blöd sein? Er brachte nicht nur sich selbst, sondern auch sie unnötig in Schwierigkeiten. »Bitte«, flüsterte sie.

»Du hast recht«, lenkte er endlich ein. »Wie könnte ich einem so hübschen Mädchen eine Bitte abschlagen?«

Veronika, die eingebildete Ziege, dachte, er meinte damit sie. In Wirklichkeit hatte er dabei Aurora angesehen. Als er sich im Weggehen kurz zu ihr umdrehte, konnte sie sich ein Lächeln über diesen kleinen, geheimen Sieges nicht verkneifen. Plötzlich konnte sie es kaum erwarten, dass der Schultag zu Ende ging.

Mel hatte seine Traumwanderungen unter Aufsicht gestellt, glücklicherweise jedoch nicht den Rest seines Lebens. Sie ahnte nicht, dass sie ihn so keineswegs von Aurora fernhielt. Die heftige Standpauke, die er den gesamten Sonntag über sich hatte ergehen lassen müssen, hatte im Gegenteil seinen Wunsch, Zeit mit diesem faszinierenden Mädchen zu verbringen, noch verstärkt. Vorerst würde er sich dabei auf die Realität beschränken, aber nicht für ewig. Während Ciaran den belanglosen Gesprächen und dem schrillen Kichern von Veronika und ihren Anhängerinnen nur mit halbem

Ohr lauschte, tastete er nach dem Anhänger, der sich unter seinem T-Shirt verbarg. Sein Ticket zu Auroras Träumen.

Wenn Mutter von meinen Plänen wüsste, brächte sie mich um. Mit Engelszungen hat sie am Sonntag auf mich eingeredet, um mich vor den Gefahren einer Traumbeziehung zu warnen. Sogar die entsprechenden Passagen im Traumwanderer-Kodex hat sie mich lesen lassen. Dabei lässt sie mich das Buch sonst nicht einmal berühren. Ich konnte sehen, wie sie jedes Mal zusammenzuckte, wenn ich eine Seite umblätterte. Obwohl ich dabei wirklich vorsichtig war. Noch mehr mütterliche Wut hätte ich nicht ertragen.

Ihr Ärger war beängstigender als die Zeilen in dem alten Schinken. Wobei die wirklich dazu gedacht sind, Angst zu machen. In den schillerndsten Farben wird vor der Abhängigkeit gewarnt, die eine Traumbeziehung mit sich bringt. Wenn ein Traumwanderer einer solchen Beziehung zu lange nachhängt, büßt er angeblich den Bezug zur Realität ein. Ein Todesurteil. So sehr wir Traumwanderer die Energie fremder Träume brauchen, die menschlichen Aspekte unseres Seins benötigen Nahrung, Sonne und körperliche Aktivität. Verlieren wir uns im Traum, geht es uns wie einem Computersüchtigen, der über die virtuelle Welt Essen und Schlaf vernachlässigt und irgendwann tot vor seinem Rechner zusammenbricht.

Diese Gefahr besteht bei mir nicht! Aurora ist nicht nur eine abstrakte Figur hinter ihren Traumgebilden. Sie ist ein Mensch aus Fleisch und Blut und ich habe sie gefunden. Eine Welle des Glücks durchströmte Ciaran, als er daran dachte, wie bald er sie wiedersähe. Das Lächeln, welches sie ihm Minuten zuvor geschenkt hatte, fand einen Widerhall auf seinem Gesicht.

Veronika lächelte ebenfalls, wahrscheinlich in der irrigen Annahme, er widme ihr ein Fitzelchen Aufmerksamkeit. Sollte sie glauben, was sie wollte. Er war nur hier, weil Aurora ihn darum gebeten hatte.

Sie stürmte aus dem Klassenzimmer, kaum dass die Schulglocke das Unterrichtsende verkündete. Er war nicht da! Was für eine Enttäuschung! Jetzt stand sie da wie bestellt und nicht abgeholt. Nicht einmal auf Helenes Unterstützung konnte sie bauen, denn die befand sich noch in einem Streitgespräch mit dem Geschichtslehrer. Ihrer Meinung nach hatte dieser bei einer Quellenarbeit zur Kubakrise wesentliche Punkte unterschlagen. Wenn es um Geschichte ging, konnte Helene so leicht niemand etwas vormachen. Ihr Opa war emeritierter Professor für Geschichte und hatte seine Begeisterung an die Enkelin weitergegeben.

Um nicht allzu blöd in der Gegend rumzustehen, bückte Aurora sich und nestelte an ihrem Rucksack herum, gab vor, etwas zu suchen.

Ein Stoß von hinten brachte sie aus dem Gleichgewicht. Nur mit Glück verhinderte sie, dass sie vornüberfiel. Der Inhalt ihrer Schultasche ergoss sich über den Fußboden.

»Hach, das tut mir leid!« Die Falschheit in Veronikas Stimme war nicht zu überhören. Aurora war vollkommen klar, dass sie sie mit voller Absicht gestoßen hatte. Ohne Rücksicht auf die am Boden liegenden Hefte und Bücher zu nehmen, bahnte sich Veronika einen Weg durch das Chaos.

»Warte, ich helfe dir!« Wie aus dem Nichts war Ciaran aufgetaucht. Er ließ sich nicht von Veronikas »Lass sie, die kommt schon klar!« beirren. Er kniete sich zu Aurora auf den Boden, blickte sie an. Tiefes Blau und eine Spur silbernes Blitzen. Sie würde sich nie an diese intensiven Augen gewöhnen. Ihr Herz galoppierte. Um nicht nach Luft ringen zu müssen, schaute sie schnell beiseite.

Veronika war nur einige Schritte entfernt stehen geblieben. Als sie sich Auroras Aufmerksamkeit gewiss war, formten ihre Finger ein L und sie zischte deutlich vernehmbar: »Loser.«

Die Beleidigung war es nicht, die wie ein Blitz unter Auroras Haut fuhr. Beinahe zeitgleich hatten Ciarans Finger ihre Hand gestreift.

Um ihre Verwirrung zu verbergen, griff sie nach dem letzten Buch. Ihre Hände zitterten so sehr, dass es ihr nicht gelang, den Reißverschluss des Rucksacks zu schließen. Sie merkte, wie ihr die Röte ins Gesicht stieg. Veronikas Blicke. Ciarans Aufmerksamkeit. Das war zu viel! Sie wollte davonrennen. Warum ging dieser verdammte Reißverschluss nicht zu?

Ciaran nahm ihr die widerspenstige Tasche aus der Hand und schloss sie. Als sei es das Selbstverständlichste auf der Welt, umfasste er ihre noch immer zitternde Hand und half ihr auf. Mit der freien Hand griff er sich ihren Rucksack und führte sie dann an der gaffenden Veronika vorbei den Schulflur hinab.

Aurora hatte das Gefühl, unter Schock zu stehen. Selbst wenn sie gewollt hätte, sie konnte gar nicht anders, als neben ihm herzugehen. Als sie das Schultor hinter sich gelassen hatten, hatte sie zumindest die weichen Knie und zitternden Hände einigermaßen im Griff.

»Können wir irgendwo hingehen, wo wir alleine sind?«, fragte Ciaran.

Sie traute ihrer Stimme nicht, deswegen nickte sie nur. Der Gedanke, dass dies möglicherweise keine so gute Idee war, flatterte nur kurz durch ihren Kopf, während ihre Füße von selbst den Weg zu den Fischteichen einschlugen. Umrahmt von nichts als Wald war dies nicht der Ort, an dem ihre Altersgenossen ihre Zeit verbrachten. Und der örtliche Angelverein war eher am Wochenende aktiv. Sie wären also ungestört.

Was machte dieses Mädchen nur mit ihm? Wo immer seine Mutter und er bisher gelebt hatten, stets hatte er versucht, sich der Mehrheit anzuschließen und nach Möglichkeit in der Masse unterzugehen. So war niemandem je aufgefallen, dass er nicht war wie die anderen. Nun hatte er alle Prinzipien über Bord geworfen. Obwohl ihn das zu einem Außenseiter machte, konnte er nicht anders, als Auroras Nähe zu suchen. Allein ihre Hand zu halten erschien Ciaran jeden Ärger wert zu sein. Dabei war es bei Weitem nicht genug.

Eine Weile liefen sie schon auf einem kleinen Waldweg nebeneinander her. Aurora hatte nicht noch einmal versucht, ihm ihre Hand zu entziehen. Ihre Finger waren fest miteinander verflochten. Schließlich blieben sie an einem Teich stehen. »Schön hier«, stellte Ciaran fest, um das Schweigen zu brechen, bevor es in Befangenheit umschlug. Die Umgebung war ihm bloßer Rahmen um ihre Person und ohne sie hätte die Landschaft erheblich an Reiz verloren. Das verschwieg er ihr ebenso wie die Tatsache, dass dies für ihn weit mehr war als so ein Mädchen-Junge-Teenager-Ding. Er musste ihr dies schonend beibringen: Zu groß war die Angst, sie mit der Wahrheit zu verschrecken.

»Dabei hast du das Beste noch gar nicht gesehen.« Sie zog ihn um eine Biegung. Versteckt zwischen jungen Buchen stand eine verwitterte Holzbank, von der aus sich ein schöner Blick über zwei Teiche eröffnete. Dabei war der Platz selbst kaum einsehbar.

Ob sie öfter Jungen mit hierher brachte? Eifersucht durchzuckte Ciaran. Er wollte der erste und einzige sein, mit dem sie ihre besonderen Plätze teilte. Er dachte an die Träume. Dort hatte sie stets nur ihm gehört. Das reichte ihm nicht ... nicht mehr. »Was ist?«, fragte Aurora.

»Was soll sein?«

»Du schaust mich so komisch an.«

Ciaran bemerkte erst jetzt, dass er – in Gedanken versunken – Aurora angestarrt hatte. »Nichts.« Er konnte sein Innerstes nicht vor ihr ausbreiten.

Nichtsdestotrotz hatte er den Eindruck, als kenne sie es bereits. »Ein wirklich idyllisches Plätzchen. Kommst du öfter hierher?«

»Gelegentlich. Es ist so friedlich hier.« Sie zog ihn mit sich auf die Bank.

Dass sie einen friedlichen Ort brauchte, konnte er sich nur allzu gut vorstellen, nach den Szenen, welche er an diesem Tag zwischen Veronika und ihr beobachtet hatte. Dabei war dies bestimmt nur die Spitze des Eisbergs. Er würde nicht die Sprache darauf bringen. Es schien ihm nicht der richtige Zeitpunkt. Zu groß war seine Angst, die Stimmung könnte umschlagen. Umso erstaunter war er, als sie unvermittelt davon anfing. »Du hast dich heute unbeliebt gemacht.«

Er zuckte mit den Schultern. »Egal.«

»Auf Veronikas Lästerliste zu stehen ist nicht lustig, das kannst du mir glauben.« Ihr entfuhr ein stummes Seufzen. »Es wäre nicht nötig gewesen.«

»Es war nötig.« Er betonte jedes einzelne Wort.

Verwirrung lag in ihrem Blick. »Wieso?«

»Deinetwegen.«

Sie schaute ihn mit ihren großen braunen Augen an, ungläubig, wie er fand. Dachte sie, sie sei es nicht wert, dass er sich für sie starkmachte?

»Warum bist du so nett zu mir?« Aurora hatte die Frage so leise gestellt, dass er sich nicht sicher war, ob diese tatsächlich ihm galt, oder ob sie nur laut gedacht hatte. Egal, sie verdiente eine Antwort.

Ist sie so naiv oder tut sie nur so? Will sie herausfinden, ob ich es ernst meine? Einem Impuls folgend beugte Ciaran sich vor und drückte seine Lippen auf ihren sinnlich geschwungenen Mund. Sie zuckte kurz zusammen, wich jedoch nicht zurück. Er spürte seinen eigenen wilden Herzschlag. Vielleicht war es auch ihrer, er konnte das nicht sicher sagen. Alles, was er wusste, war, dass er sich wünschte, dieser Moment möge ewig währen.

Er wird doch nicht … doch. Er küsst mich. Was soll ich tun. Ich weiß nicht, was ich machen soll. Er merkt bestimmt, dass ich total unerfahren bin. Sein Mund ist so weich.

Aurora griff nach Ciarans Hand, die sie beim Hinsetzen losgelassen hatte, und rückte noch dichter an ihn heran. Als er den Kuss unterbrach, lehnte sie sich an ihn. Ciaran roch so gut. Am liebsten hätte sie die Nase an seinen Hals geschmiegt, aber dazu fehlte ihr der Mut.

Ihr Kopf schwirrte vor Fragen. Was hatte der Kuss zu bedeuten? Waren sie ein Paar? Wollte sie das? Aurora blieb still, wartete darauf, dass Ciaran etwas sagte oder tat. Sein Daumen strich über ihren Handrücken, sanft und als sei es das Selbstverständlichste der Welt.

Möglicherweise war es das.

Was Ciaran anging, so hatte sie den Eindruck, als könne sie ihm bedingungslos vertrauen. Fast war es, als kannten sie einander seit Jahren. Seine Nähe machte es ihr unmöglich, dieses Gefühl zu hinterfragen. Sie wollte es ohnehin nicht. Dazu fühlte es sich viel zu gut an, einfach nur mit ihm hier zu sitzen. Sie lauschte dem Rascheln der Blätter, spürte den leichten Hauch des warmen Sommerwindes. *Irgendwann werde ich aufstehen und gehen müssen. Besser, ich kläre vorher, woran ich bin.* Sie nahm allen Mut zusammen. »Ciaran?«

Er schaute sie an und sein Blick ließ sie fast vergessen, was sie ihn hatte fragen wollen. »Warum hast du mich geküsst? Heißt das, du magst mich? Sind wir jetzt ein Paar? Wie geht es jetzt weiter?« Sie schnappte nach Luft. Aus Angst, keinen Ton herauszubringen oder zwischendurch den Faden zu verlieren, hatte sie viel zu hastig gesprochen.

Ciaran lächelte. Aurora hätte ihn am liebsten geküsst, traute sich nicht.

»Aurora, ich mag dich«, sprach er sanft.

Sie vermeinte, ein Aber am Satzende zu hören. »Aber du willst nicht mit mir zusammen sein.«

»Wie kommst du denn darauf?«, fragte er mit einem Stirnrunzeln.

»Ich dachte nur …« Sie wusste nicht, wie sie den Satz beenden sollte. Er ließ ihr ohnehin keine Gelegenheit dazu, sondern küsste sie erneut. Diesmal weniger zart und vorsichtig. Ihr blieb förmlich die Luft weg.

Bevor sie wieder zu Atem gekommen war, sagte er: »Ich mag dich sehr. Es ist mir egal, wie du es nennst: Zusammensein, ein Paar sein, eine Beziehung führen. Die Hauptsache ist, dass ich Zeit mit dir verbringen kann, so viel Zeit wie möglich. Das ist alles, was ich mir wünsche.« Er blickte sie so eindringlich an, dass sie nicht die geringsten Zweifel am Wahrheitsgehalt seiner Worte hatte. »Vorausgesetzt, dass du das möchtest.«

Und ob sie das wollte. »Ich mag dich auch und möchte gerne mehr Zeit mit dir verbringen. Schließlich muss ich dich besser kennenlernen.«

»Das wirst du«, versprach er, wich gleichzeitig ihrem Blick aus. »Ich glaube, wir sollten uns langsam auf den Heimweg machen.«

Ein Blick auf ihre Armbanduhr verriet, dass es schon halb sechs war. An Schultagen musste sie um sechs zu Hause sein. Sie hätte anrufen können, aber sie hatte keine Lust, ihrer Mutter zu erklären, wo, und vor allem mit wem sie unterwegs war. Also blieb Aurora nichts, als Ciarans Vorschlag zuzustimmen.

13

Er hatte Aurora bis nach Hause gebracht. Jetzt wusste er, wo sie wohnte. Welch ein wundervoller Nachmittag! Aurora zu küssen war unglaublich gewesen. Er war ihr so nahe gewesen wie sonst nur in den Träumen. Es hatte ihn große Anstrengung gekostet, ihr nicht gleich die Wahrheit zu sagen über sich und über das Band, welches sie schon jetzt so fest verband, dass ein Kappen der Verbindung ihm undenkbar erschien.

Er summte vor sich hin, eine Melodie, welche Aurora mit in den Traum gebracht hatte, als er die Tür zu seiner Wohnung aufschloss.

Ciaran hatte seine Turnschuhe noch nicht ausgezogen, da sorgte Mel für eine harte Landung auf dem Boden der Realität. »Wo bist du gewesen?« Da war wieder diese Schärfe in ihrer Stimme.

»Unterwegs.« Er war alt genug, um seiner Mutter keine Erklärung über seine nachmittäglichen Aktivitäten zu schulden.

Sie hatte sich vor ihm aufgebaut und die Hände in die Hüften gestemmt. »Dir ist schon klar, dass du im Moment auf Bewährung bist?!«

»Das betrifft doch nur den Traum.«

»Das hast du nicht zu entscheiden«, gab sie lauter als nötig zurück.

Er musste einlenken, sonst erwartete ihn gleich das nächste Donnerwetter. »Ich habe nach der Schule ein wenig die Umgebung erkundet. Wobei es hier nicht viel zu entdecken gibt. Demnächst suche ich mir größere Städte aus. Ich fürchte, uns stehen ein paar langweilige Jahre bevor.« Er gab sich Mühe, resigniert zu klingen. Je gründlicher er seine wahre Gemütsverfassung verbarg, desto besser.

»Wir könnten noch einmal umziehen«, schlug Mel vor.

»So schlimm ist es auch wieder nicht. Ich kann dieses ständige Umgeziehe nicht leiden.«

»Ich ebenfalls nicht, mein Schatz.« Sie fuhr ihm durch die Haare, wie sie es öfter getan hatte, als er noch jünger gewesen war. »Es ist leider notwendig.«

»Ich weiß.« Er seufzte. »Wird es irgendwann leichter?«

»Für mich wurde es besser, seit ich dich habe.« Sie schloss ihn in die Arme. Ciaran glaubte schon, dem Ärger entgangen zu sein. Als seine Mutter ihn eine Armeslänge von sich schob und ihn anblickte, wusste er, dass er sich zu früh gefreut hatte. »Und weil du mir so wichtig bist, werde ich auf keinen Fall zulassen, dass ich dich durch deine Dummheit verliere.«

»Das wirst du nicht!«

»Du hast also verstanden, warum es wichtig ist, sich an die Regeln zu halten?« Ihr Blick durchleuchtete seinen Schädel förmlich.

»Ja.« Er nickte.

»Und zwar ausnahmslos an alle Regeln?«, bohrte Mel weiter.

»Ja.«

»Dann überzeuge mich davon!«

»Wie denn?« Ciaran suchte den Blick seiner Mutter.

»Du wirst den Kodex auswendig lernen.«

»Den Kodex auswendig lernen?« Ciaran glaubte, sich verhört zu haben. Das Buch hatte mindestens fünfhundert Seiten, die so eng bedruckt waren, dass er trotz ausgezeichneter Sehkraft fast eine Lupe brauchte, um die Schrift zu entziffern. »Das wird Jahre dauern.«

»Du hast sechs Monate.« Die Wucht der Worte füllte den kleinen Flur zum Bersten.

»Sechs Monate?« *Das kann nur ein Scherz sein. Eine solche Aufgabe wird mich jede wache Minute kosten. Das ist wahrscheinlich der Sinn dahinter.* »Das schaffe ich niemals.«

»Ich kann dir nur raten, es zu schaffen. Wenn du jemals wieder ohne meine Aufsicht Traumwandern willst, musst du mir beweisen, dass ich dir vertrauen kann.«

»Heißt das, du willst mich ein halbes Jahr lang beobachten?« Zitterte seine Stimme?

»Und länger, wenn es sein muss.« Seine Mutter knirschte mit den Zähnen.

Das geht nicht, ganz und gar nicht. Ein paar Tage, höchstens zwei Wochen, mit mehr habe ich nicht gerechnet. Wenn Mel wirklich Ernst macht, werde ich nicht nur Auroras Träumen fernbleiben müssen, sondern auch sonst kaum Zeit für sie haben. Das überstehe ich niemals! Ciaran widerstand dem Drang, nach seinem Anhänger zu greifen. Dabei hatte er einen Rettungsanker niemals nötiger gehabt. Aber er spürte den wachsamen Blick seiner Mutter. Unter keinen Umständen durfte sie erfahren, wie wichtig das Schmuckstück für ihn war und warum. Sonst wäre er endgültig verloren.

»Du wirst damit anfangen, den Kodex abzuschreiben. Damit das Buch geschont wird«, beschied Mel ihm. »Wage es nicht, die Abschriften aus dieser Wohnung zu bringen. Sie dürfen auf keinen Fall in falsche Hände geraten.«

Na toll, dann kann ich nicht mal die Schulstunden zum Lernen nutzen. Statt Widerworte zu geben, machte er gute Miene zum bösen Spiel: »Dann werde ich mal besser anfangen.«

»Nichts da. Du legst dich jetzt hin. In zwei Stunden beginnt deine Traumzeit.«

Sie hatten vereinbart, dass Mel ihn während seiner Bewährungsfrist jede Nacht drei Stunden in den Sessel ließ. Das genügte gerade so, um die nötige Energie zu tanken, und gab seiner Mutter anschließend ausreichend Zeit für ihre eigenen Wanderungen. Sechs Monate auf dieses absolute Mindestmaß beschränkt zu sein, würde eine harte Prüfung. Besonders, da er sich mit den faden Traumbildern fremder Menschen begnügen musste.

Missmutig schlurfte Ciaran in sein Zimmer und ließ sich aufs Bett fallen. An Schlaf war nicht zu denken.

14

Obwohl er – mit Mels Zustimmung – einen Großteil der Nacht vor dem Kodex zugebracht hatte, war er guter Dinge, als am Morgen der Wecker klingelte. Mel ging früh genug zur Arbeit, um seinen vorzeitigen Aufbruch zur Schule nicht zu bemerken. Er freute sich darauf, Aurora vor ihrem Haus abzufangen und den Schulweg mit ihr zu teilen. In der Nacht hatte er sich das genau ausgerechnet: Der Schulweg hin und zurück sowie die beiden großen und ein Teil der kleinen Pausen summierten sich am Tag auf über anderthalb Stunden. 90 Minuten, die er mit Aurora verbringen konnte. Und da war die eine Stunde, sie an kurzen Schultagen vor Mel Schluss hatten, noch nicht eingerechnet. Das war nicht so viel, wie er sich gewünscht hätte, doch wenn er sich fügsam zeigte und fleißig den Kodex lernte, konnte seine Mutter nicht anders, als ihn ab und zu einen Nachmittag außerhalb seines Zimmers verbringen zu lassen. Hoffte er zumindest inständig.

Vor Auroras Elternhaus erwartete ihn eine Enttäuschung: Helene. Sie war sicher hier, um ihre Freundin abzuholen. Bevor er sich dazu entschließen konnte, sich umzudrehen und allein zur Schule zu trotten, hatte ihn die kleine schwarze Fee, wie er das fröhliche Gothmädchen insgeheim nannte, schon entdeckt.

»Hallo Ciaran«, brüllte sie die Straße hinunter.

»Hi.« Gezwungenermaßen ging er zu ihr hinüber.

»Ich wusste nicht, dass dein Schulweg hier lang führt.«

Es hat wohl wenig Sinn, ihr etwas vorzumachen. »Tut er nicht. Ich wollte Aurora abholen.«

»Zwei Doofe, ein Gedanke. Obwohl ich die älteren Rechte habe, lasse ich dir heute mal den Vortritt.« Sie lächelte verschwörerisch. »Alles Weitere liegt dann bei Aurora.«

Ob Aurora ihr erzählt hat, dass wir ein Paar sind? Beste Freundinnen reden sicher über so etwas. Ciaran stellte sich ein langes abendliches Telefongespräch mit ausgiebigem Gekicher vor.

»Aurora kommt jeden Moment raus. Wir sehen uns dann in der Schule.« Helenes schwarze Haarspitzen wippten, als sie den Pflasterweg hinunterlief.

Sie hatte sich einfach nicht entscheiden können, was sie anziehen sollte. Ihre Lieblingsjeans – das Ergebnis einer Shoppingtour mit Helene – war in der Wäsche und ansonsten hatte sie nur ausgeleierte, farblose Lumpen im Kleiderschrank. Aurora war nahe an der völligen Verzweiflung gewesen, als sie eine luftige, bunte Stoffhose fand, die super zu den sommerlichen Temperaturen passte. Ein graues Top dazu und sie war endlich halbwegs zufrieden, wenigstens was ihr Äußeres anging. Innerlich sah es anders aus. Insgeheim verfluchte sie sich für den Aufriss, den sie wegen Ciaran veranstaltete. Für Selbstvorwürfe blieb keine Zeit. Aurora war so spät dran, dass sie nur noch ein Glas Milch trinken konnte. Die trockene Scheibe Toast würde sie im Gehen essen.

Als sie den Vorgarten durchquerte, fiel ihr die Brotscheibe fast aus der Hand. Wie immer hatte sie mit Helene gerechnet. Statt der Freundin lehnte Ciaran am Gartenzaun.

»Was machst du hier?«, fragte sie perplex.

»Dir auch einen guten Morgen. Darf ich meine Freundin denn nicht abholen?«

Er hat mich als seine Freundin bezeichnet. Wie toll das klingt! Aber ungewohnt. Und ein bisschen falsch. Als sei es nicht das richtige Wort für das, was zwischen uns ist. Ich werde mich erst daran gewöhnen müssen.

Ciaran lächelte und nahm ihre Hand.

An dieses Lächeln werde ich mich wahrscheinlich nie gewöhnen. Und an seine Augen erst recht nicht. Heute wirken sie mehr türkis als blau. Muss er mich so ansehen? Ich glaube, ich werde rot.

»Helene hat übrigens erlaubt, dass ich dich heute zur Schule begleite.«

Helene weiß, dass Ciaran hier ist. Dann werde ich nicht drum herum kommen, ihr alles zu erzählen. Egal. Ich hätte es ohnehin nicht für mich behalten können. Gestern Abend habe ich sie nur deshalb nicht angerufen, weil sie Chor hatte. Ein Gespräch hätte vielleicht verhindert, dass ich mich die ganze Nacht schlaflos von einer Seite auf die andere wälzte. Ich glaube, ich sollte etwas sagen. »Helene hat es dir erlaubt? Da muss ich wohl mal ein ernstes Wörtchen mit ihr reden. Mich einfach so mit aufdringlichen Typen alleine zu lassen!« *Sehr gut, eine schlagfertige Antwort. Er lächelt, also nimmt er es mir nicht krumm.*

»Ich hätte besser dich um Erlaubnis fragen sollen«, meinte er grinsend. »Also, ist es dir recht, wenn ich dich von zu Hause abhole?«

Sie nickte. »Ja. Es ist nett, dass du mich abholst. Das wäre nicht nötig gewesen.«

»Purer Eigennutz. Ich hatte doch angekündigt, dass ich so viel Zeit wie möglich mit dir verbringen möchte.« Ein tiefer Atemzug, fast schon ein Seufzer. »Leider meint meine Schwester, ich lerne zu wenig. Daher werde ich in nächster Zeit die meisten Nachmittage zu Hause verbringen müssen. Uns bleibt also nur die Zeit in der Schule.«

Wo uns alle sehen können. Ich weiß nicht, ob ich das will.

»Was ist? Bist du sehr enttäuscht? Es tut mir furchtbar leid, aber ich kann es nicht ändern. Ich werde mir Mühe geben, es wiedergutzumachen.«

Wie süß. Er sieht richtig geknickt aus. »Das will ich stark hoffen. Nein, im Ernst, du kannst nichts dafür. Es ist nur, dass ich nicht will, dass in der Schule über uns geredet wird.«

»Das wird es sowieso. Die Stadt ist klein. Irgendwann wird uns jemand zusammen sehen. Und wenn die blöde Kuh Veronika oder sonst eine der dummen Schnepfen etwas sagt, dann werde ich ihr schon die passende Antwort geben.«

»Du bist nicht immer da!«

»Ja. Aber ich bin oft in deiner Nähe, öfter, als du glaubst. Und außerdem kannst du dich gut selbst wehren. Das ist dir bloß noch nicht bewusst. Ich kenne dich, Aurora. Du bist stärker, als du denkst.«

Er will mir Mut machen. Wie lieb von ihm. Ich habe das Gefühl, dass mehr hinter diesen Worten steckt. Das Seltsame ist: Ich glaube ihm.

Er war stehen geblieben und nahm sie in den Arm. Dabei waren sie fast unmittelbar vor der Schule. Eine Menge Mitschüler konnten sie sehen. Es war Aurora egal, zumindest fast, denn das Kribbeln in ihrem Magen ließ kaum ein anderes Gefühl zu als die Wärme seines Körpers.

15

Tafeldienst hatte ihr nie etwas ausgemacht, aber an diesem Tag konnte sie gar nicht schnell genug damit fertig werden. An diesem Nachmittag konnten Ciaran und sie, da sie beide nach der sechsten Stunde Schluss hatten, etwas Zeit miteinander verbringen. Während sie in beinahe hektischen Bewegungen die Tafel wischte, den Schwamm viel zu selten ausspülte, überlegte sie, was sie mit der zusätzlichen Stunde anfangen konnten. Zu den Fischteichen war es zu weit. Kaum wären sie da, müssten sie schon wieder umkehren. Keine Gelegenheiten für Küsse.

Das Klingeln war eine Erlösung. Sein einziger Gedanke war, zu Aurora zu eilen. Jede Sekunde war kostbar. Hastig stopfte er seine Schulsachen in die Tasche. Dabei glitten einige lose Blätter aus dem Hefter und segelten auf den Boden, direkt vor zwei goldfarbene Markensneaker. Bevor Ciaran die eng beschriebenen Seiten aufheben konnte, griffen schlanke Mädchenhände danach.

»Sieht nicht nach Mathe aus«, stellte Lydia fest. Die Neugier war ihr deutlich anzuhören.

Erst da realisierte Ciaran, was die nervige Mitschülerin in den Händen hielt: Auszüge aus dem Traumwanderer-Kodex. Entgegen allen Verboten hatte er einen Teil seiner Abschriften mit in die Schule gebracht, um die langweiligen Schulstunden zum Lernen zu nutzen. *Sie darf auf keinen Fall zu lesen anfangen. Ich kann nicht riskieren, dass sie auch nur das Wort Traumwanderer kennt.*

Er mahnte sich, ihr die Blätter nicht aus der Hand zu reißen. Das befeuerte ihre Neugierde nur. »Oh, da ist also meine Deutsch-Hausaufgabe.«

»Was für eine Deutsch-Hausaufgabe. Wir haben nichts auf, erst recht keinen seitenlangen Aufsatz.«

Mist. Schlechte Ausrede bei einer Klassenkameradin. Sie schaut auf die erste Seite. Denk nach, Ciaran, schnell. »Meine Schwester gibt mir immer Zusatz-aufgaben, weil sie der Meinung ist, ich lerne nicht genug.«

»Ach so. Dann lass mal sehen, ob du deine Sache gut gemacht hast. Du weißt, ich bin die Klassenbeste in Deutsch.«

War sie nicht, aber das wollte er ihr jetzt nicht unter die Nase reiben. Er musste verhindern, dass sie das las. »Nicht nötig. Es ist ohnehin nur ein erster Entwurf.« Er griff nach dem Papierstapel.

»Na und.« Sie ließ nicht los.

»Gib her. Ich habe jetzt gar keine Zeit.«

»Willst wohl wieder zu deiner Freundin. Veronika ist nicht begeistert, dass du dich mit so einer abgibst.«

Ciaran zuckte mit den Schultern. »Und wenn schon.«

»Du könntest jede haben. Du weißt echt nicht, was dir entgeht.«

»Interessiert mich nicht«, erwiderte er ungehalten. Zumindest schien sie den vorgeblichen Aufsatz in ihrer Hand vergessen zu haben. Vorsichtig zog er an den Seiten.

»Nichts da. Wenn du es zurückhaben möchtest, musst du es dir verdienen.«

»Was willst du?«, fragte er, bemüht, nicht barsch zu klingen.

»Einen Kuss.« Ihr Lächeln sollte wohl aufreizend sein, ihm erschien es wie eine Grimasse.

Das war jetzt nicht ihr Ernst! Schlimm genug, dass Veronika sich ihm bei jeder Gelegenheit aufzudrängen versuchte. Jetzt hatte ihn Lydia ebenfalls als Beute auserkoren. Dass sie ihre Forderung ernst meinte, war unübersehbar. Sie umklammerte die Blätter, während sie ihm auf die Pelle rückte. Wahrscheinlich kam er um einen Kuss nicht herum. Obschon er lieber eine Kloschüssel ausgeleckt hätte. Schnell schaute er sich um, ob sie allein im Klassenraum waren. Waren sie. Also beugte er sich vor und drückte seine Lippen auf ihre Wange, versuchte gleichzeitig, ihr die Abschriften wegzunehmen. Die Überrumpelungstaktik schlug fehl.

»Einen richtigen Kuss. Auf den Mund.«

»Ohne Zunge. Und ich bekomme die Blätter im Voraus.«

»Mit Zunge. Und du bekommst die Hälfte davor.«

»Ohne Zunge.«

»Mit.«

»Dann behalt den Aufsatz! Ich kann ihn neu schreiben.« Das war hoch gepokert, aber was blieb ihm übrig. Schon so fühlte es sich wie Verrat an Aurora an. Wenn sie erführe, dass er Lydia geküsst hatte …

»Okay.« Sie reichte ihm einen Teil des Papierstapels, bevor sie ihren Mund auf seinen drückte. Die freie Hand legte sich wie eine Klammer um seinen Nacken.

Widerlich klebriger Lipgloss mit Kirscharoma. Er hielt lange genug aus, um ihr die restlichen Seiten zu entwinden, bevor er sie brüsk von sich schob.

Sie wollte protestieren, merkte jedoch, dass sie kein Druckmittel mehr besaß.

Er wischte sich mit dem Handrücken über den Mund. »Jetzt weiß ich, dass mir nichts Erstrebenswertes entgeht.« Mit diesen Worten drehte er sich um und ließ die Erpresserin stehen.

Mit Sicherheit wird sie mit dem Kuss prahlen. Früher oder später wird Aurora davon erfahren. Es wird nicht leicht werden, ihr das zu erklären, ohne dass es nach einer Ausrede klingt. Aber das bekomme ich schon hin. Zumindest konnte ich verhindern, dass Lydia die Abschriften liest. Er schwor sich, nie wieder so unvorsichtig zu sein.

Obwohl er schnellstmöglich zu Aurora wollte, die bestimmt schon seit zehn Minuten auf ihn wartete, machte er einen Abstecher in die Jungentoilette, um sich gründlich den Mund auszuspülen. Sicherheitshalber schob er noch ein Pfefferminz hinterher.

Wo bleibt er nur? Es hat schon zur siebten Stunde geklingelt. So viel überziehen die Lehrer nicht. Wenn ich mich recht entsinne, hatte Ciaran Mathe bei Herrn Thomas. Der macht eher zu früh als zu spät Schluss. Nachdem sie die herumliegenden Kreidestücke in den entsprechenden Kasten getan hatte, wischte Aurora die Tafel ein zweites Mal, diesmal mit der üblichen Sorgfalt. Als sie die letzte Bahn zog, spürte sie zwei Hände auf ihrer Taille.

Sie schrak zusammen, drehte sich um. Aurora erkannte Ciaran, kurz bevor sie ihm den nassen Schwamm in das Gesicht klatschte. Sie konnte die Bewegung nicht mehr aufhalten.

»He, was soll das?«

»Sorry. Was musst du dich so anschleichen?«

»Ich habe mich nicht angeschlichen. Außerdem, wen hast du erwartet, der das hier …« Er nahm ihr den tropfenden Tafelschwamm aus der Hand und hielt ihn am ausgestreckten Arm von ihr weg. Befürchtete er, dass sie ihm diesen erneut ins Gesicht drückte? »… verdient hat?«

»Das war purer Reflex. Tut mir leid.«

»Okay. Ich komm einfach noch mal rein.« Er grinste und ging zur Tür zurück, den Schwamm noch in der Hand. Weit kam er nicht. Sie hatte keine Lust auf Spielchen und hielt Ciarans T-Shirt fest.

Abrupt drehte er sich und drückte ihr den Schwamm ansatzweise ins Gesicht, bevor er ihn in den dafür vorgesehenen Kasten warf. »Jetzt sind wir quitt und ich kann tun, worauf ich mich schon lange freue.« Er zog sie an sich und gab ihr einen langen Kuss, nagte zärtlich an ihrer Unterlippe.

Wie sehr ich ihn vermisst habe. Dabei ist es erst zwei Stunden her, dass wir uns in der Hofpause in eine Ecke verkrümelt und geknutscht haben. Ciarans Küsse machen süchtig.

Viel zu früh für ihren Geschmack endete der Kuss. Ciaran nahm ihre Hand.

»Komm.«

»Wohin?«

»Egal. Nur weg aus der Schule.«

Er schien es auf einmal sehr eilig zu haben, schnappte sich ihre Schultasche.

Direkt vor der Klassenzimmertür stand Lydia. Sie musste sie beobachtet haben. Wahrscheinlich hatte Ciaran das bemerkt und wollte deswegen gehen. Aurora war es inzwischen egal, wer sie sah. Ohnehin wusste die ganze Schule Bescheid über Ciaran und sie. Wortlos ging sie an Lydia vorbei. Täuschte sie sich, oder hatte diese ihnen oder vielmehr Ciaran zugezwinkert?

Ciarans Griff wurde fester. »Egal was passiert, bitte vertrau mir!«, raunte er ihr zu.

Was für eine seltsame Bitte. Aurora verstand nicht wirklich, was hier gerade vor sich ging. Dennoch antwortete sie, ohne lange nachzudenken: »Das tue ich!«

Der Heimweg dauerte fast eine Stunde. Sie plauderten, machten Umwege und blieben immer wieder stehen, um sich zu küssen. Als sie vor ihrem Haus ankamen, hätte Aurora ihn am liebsten hereingebeten. Leider musste er daheim sein, bevor seine Schwester kam. Die Lippen noch feucht von einem langen Abschiedskuss, schaute sie ihm nach, als er die Straße entlang rannte. Die seltsame Begegnung in der Schule war längst vergessen.

16

Er lag im Bett und konnte nicht einschlafen. Die Situation quälte Ciaran mehr, als er es für möglich gehalten hätte. Im Nebenzimmer war Mel auf Traumwanderung. Er hatte sein Quäntchen an diesem Abend bereits zugeteilt bekommen. Von Energie spürte er wenig. Wie blass und fade die Träume waren. Früher war ihm das nie aufgefallen. Früher, das war vor Aurora gewesen. Jetzt konnte er nur wehmütig zurückdenken an die Traumwelten, die er mit seiner Freundin geteilt hatte, auf jeder Wanderschaft sehnte er sich danach. Er hoffte inständig, dass seine Mutter davon nichts mitbekam, sondern einzig die Gleichgültigkeit wahrnahm, die er angesichts seiner wahllosen Ziele verspürte. Vielleicht gab sie ihre Lauschaktion dann auf, bevor er den verdammten Kodex auswendig gelernt hatte. Sechs Monate ohne Auroras Träume konnte er nicht überstehen. Das war so unmöglich wie das Überleben eines Fisches an Land.

Unwillkürlich umschlossen seine Finger den Silberstern. Er wagte es nicht, ihn zu benutzen. Zum einen bestand die Möglichkeit, dass der Anker nicht funktionierte, nicht stark genug war. Zum anderen, und davor hatte er weitaus mehr Angst, lief er Gefahr, dass Mel sein Tun entdeckte. Solange sie sich selbst auf Traumwanderung befand, war sie sensibler dafür als im wachen oder schlafenden Zustand. Als seine Mutter und Ausbilderin hatte sie besonders gute Antennen für seine Aktivitäten auf der Traumebene.

Wenn er überhaupt einen Versuch unternehmen konnte, dann nur, wenn sie anderweitig beschäftigt war und das am besten nicht Wand an Wand mit ihm.

Da er ohnehin nicht schlafen konnte, stand er auf, um noch einige Seiten aus dem Kodex abzuschreiben. Je schneller er vorankam, desto eher würde er aus dieser misslichen Lage befreit. Außerdem konnte er sich so am Wochenende vielleicht einen freien Nachmittag erbitten, um ihn mit Aurora zu verbringen. Die Strenge seiner Mutter hatte Grenzen. Sie liebte ihn zu sehr, um ihr Blatt als Erziehungsberechtigte voll auszureizen. Ohnehin war er erstaunt, wie konsequent sie diesmal war. Bisher hatte er sie viel schneller weichkochen können. Das zeigte deutlich, wie ernst es ihr war. Folglich tat er gut daran, die Angelegenheit ebenfalls ernst zu nehmen. Was er auch so handhabe, wenn seine Gedanken nicht gerade bei Aurora waren – was sie fast ununterbrochen waren. Obwohl sie nur wenig Zeit miteinander verbrachten, beeinflusste ihre Beziehung sein Leben stärker, als er es vermutet hätte. Die wenigen Tage hatten ihm gezeigt, was er so sehr zu leugnen versuchte: Er war verliebt. Es ging nicht mehr nur um die Träume und deren Erbauerin. Inzwischen ging es ihm eindeutig um das Mädchen, um den realen Menschen Aurora. Sie hatte einiges gemeinsam mit der jungen Frau, die er aus den Träumen so gut kannte. Da waren der Mut und die Fantasie, die beide leider viel zu selten durchblitzten, jedoch nichtsdestotrotz existierten.

Im wahren Leben war Aurora zudem anlehnungsbedürftig. Diese Eigenschaft hatte ihr Traum-Ich niemals gezeigt. Dabei genoss Ciaran es unglaublich, für Aurora da zu sein. Am Vortag hätte er sich wegen des dummen Spruches eines Klassenkameraden, wie er nur mit »so einer« zusammen sein könne, fast für sie geprügelt. Früher hätte er sich nie zu etwas Derartigem herabgelassen. *Fast ist es, als hätte ich durch sie erst richtig begriffen, wie es ist, in der realen Welt zu leben. Früher habe ich mich durchgemogelt, so getan, als sei ich ein normaler Mensch. Jetzt weiß ich, was es bedeutet, es wirklich zu sein. Vielleicht sollte ich Mel von Aurora erzählen. Wenn mir eine Beziehung so offensichtlich guttut, wird meine Mutter das unterstützen. Zumindest, sofern sie nichts von meinem Traumkontakt zu Aurora erfährt.*

Halt, stopp! Was denke ich da nur für einen Blödsinn! Nichts werde ich Mel erzählen. Wenn sie neugierig wird, kommt sie früher oder später drauf, dass die Sache mehr ist als eine kleine Romanze. Aurora ist mein Geheimnis und das wird es bleiben. Und jetzt aufstehen und ran an die Arbeit. Zehn Seiten Abschrift sollten heute Nacht mindestens noch drin sein.

Voller Tatendrang setzte er sich an seinen Schreibtisch und schlug Seite 107 auf. Das aktuelle Kapitel beschäftigte sich mit den Möglichkeiten eines Traumwanderers, den Traum seines Wirtes – welch unschönes Wort, das Ciaran im Geiste immer durch Gastgeber ersetzte – zu beeinflussen. Bisher hatte er es als sehr aufschlussreich empfunden, hatte Dinge erfahren, die nicht Bestandteil von Mels Unterweisungen gewesen waren. Ob sie sie selbst kannte und beherrschte? Viele der Tricks und Kniffe waren nicht essenziell, mehr Spielereien als von wirklichem Nutzen, mit einigen Methoden jedoch konnte der Energiegehalt eines Traums erhöht werden. Er dachte daran, das eine oder andere auszuprobieren, jetzt, da seine Wanderungen durchs Mels Aufsicht so fade und unbefriedigend waren. Sie merkte es bestimmt nicht. Und selbst wenn.

Obschon er darauf brannte, mehr zu erfahren, schaffte er es kaum, eine Zeile zu lesen. Es war Aurora, die ihm immer wieder im Geist herumspukte. Es war weniger ihr süßes Lächeln – scheu und rar, begleitet von niedlichen Grübchen – oder ihr verlockender Mund, der geradezu dazu einlud, ihn zu küssen. Diese Dinge hätte er zugunsten seiner Konzentration ausblenden können – oder zumindest nahezu. Was Ciaran wirklich beschäftigte, war die Frage, wie nur er ihr beibringen sollte, dass er mehr in ihr gefunden hatte als eine Freundin, dass er ihr Innerstes kannte, weil er sich in ihre Träume geschlichen hatte. Bisher hatte er sich nicht einmal getraut, Andeutungen zu machen. Früher oder später musste er es ihr sagen. Wie sie wohl reagierte? Glaubte sie ihm oder hielte sie ihn für einen Spinner? Und wenn sie ihm glaubte, wie nähme sie es auf, dass er es ihr nicht gleich gesagt hatte? Empfände sie die Tatsache, dass er ohne ihre Zustimmung in ihren Träumen gewesen war, als Eindringen in ihre Privatsphäre? Zerstörte dieses Wissen das Vertrauen, das sie allmählich zu ihm zu fassen schien?

So viele Fragen, auf die Ciaran keine Antwort wusste. Er wusste nur, dass er Angst hatte, höllische Angst, Aurora zu verlieren. Er war sich sicher, einen solchen Verlust nicht verwinden zu können.

Dennoch würde er ihr die Wahrheit sagen. Das war er ihr schuldig. Er musste nur noch die richtigen Worte finden, die passende Gelegenheit abwarten. *Es ist nicht so, dass ich ihr mit meinem Schweigen schade. Sie wird es besser aufnehmen, wenn wir uns näher sind*, rechtfertigte er sein Zögern.

17

Händchenhalten auf dem Schulflur, heimliches Knutschen in irgendwelchen Winkeln, die vergangenen Tage waren die aufregendsten in Auroras gesamter Schulzeit, möglicherweise sogar in ihrem Leben gewesen.

Insgeheim träumte sie davon, einmal wirklich ungestört zu sein. Wie weit er wohl ginge? Oder anders, wie weit ließe sie ihn gehen? Gewiss ließe sie es nicht zum Äußersten kommen, zumindest vorerst nicht. Wobei sie sich manchmal fragte, wie es wohl wäre, mit Ciaran zu schlafen. Nicht mit irgendeinem Jungen, nur mit Ciaran. Beim Küssen hatte seine Hand schon den Weg zwischen Hosenbund und Shirtsaum gefunden. Seine Fingerspitzen auf der nackten Haut ihres Rückens zu spüren, war elektrisierend gewesen. Wie würde es sich erst anfühlen, wenn sie beide einander auszogen und den Körper des jeweils anderen erkundeten? Bei solchen Gedanken erkannte Aurora sich selbst nicht wieder. Das Zusammensein mit Ciaran machte sie kirre und sie wusste nicht, ob das gut oder besorgniserregend war.

Sie erwachte schon mit Herzklopfen, konnte es kaum erwarten, aus dem Haus zu gehen und Ciaran am Gartenzaun stehen zu sehen.

An diesem Morgen begrüßte er sie mit einem Lächeln und einer Handvoll Gänseblümchen. »Kein Garten, aber immerhin«, sagte er, als er ihr das Sträußchen nach einem Küsschen überreichte.

Kein Garten? Aurora wusste nicht, was er damit meinte. Gleichzeitig wusste sie es. So war es ihr in den letzten Tagen mehrmals gegangen. Ciaran sagte oder tat etwas, das mehr bedeutete. Dennoch konnte sie dieses *Mehr* weder rational erfassen noch in irgendeiner Art benennen. Leugnen konnte sie es jedoch nicht.

Sie schaute ihn an. Er schaute sie an. Alles war gesagt.

Ich werde es bald begreifen.

Schweigend und einander bei den Händen haltend legten sie den Weg zur Schule zurück.

Verdammt, verdammt, verdammt!

Ciaran hatte die Nacht durchgearbeitet, um das Kapitel über die Fähigkeiten eines Traumwanderers noch vor dem Frühstück abzuschließen. Wach zu bleiben war ihm nicht schwergefallen, denn mit jeder Seite, die er vorankam, wurde es interessanter. Die Ebene der Tricks und Kniffe hatte er schon am vorigen Nachmittag verlassen. Was danach folgte, hätten Normalsterbliche als Magie bezeichnet.

Ciaran wusste, dass es sich bei dem, was die Menschen landläufig unter dem Begriff verstanden und zusammenfassten, um eine Vielzahl von Phänomenen handelte, die eines gemein hatten: Sie basierten auf Ebenen der Energie, die den Menschen in der Masse unzugänglich waren. Nur einige wenige konnten Teile davon wahrnehmen. Es war eine seltene Fähigkeit und erklärte nicht die Masse all jener, die sich als übersinnlich begabt ausgaben. Die meisten Hellseher, Medien und Geisterbeschwörer waren Scharlatane.

Traumwanderer hingegen verfügten alle über die angeborene Begabung, Energieebenen wahrzunehmen und bis zu einem gewissen Grad zu beeinflussen. Dies umfasste nicht nur die Traumenergien. Einige Traumwanderer konnten beispielsweise in die Bewusstseins-Energien von Menschen eingreifen, etwas, was gern als *Gedankenlesen* simplifiziert wurde. In seiner Ahnenreihe kamen solche besonderen Fähigkeiten nicht vor. All dies hatte Mel ihm erklärt, kurz nachdem sie ihm eröffnete, dass er kein normaler Junge war. Damals war er sechs Jahre alt gewesen und hatte dennoch keine Probleme gehabt, das dahinterliegende Konzept zu verstehen. So freimütig, wie seine Mutter ihn über die Existenz dieser besonderen Energien aufgeklärt hatte, so verschlossen hatte sie sich hinsichtlich der Techniken ihrer Anwendung gegeben. Sie hatte nur einmal nebenbei erwähnt, dass seine Großeltern besonders fähige Traumgestalter gewesen waren. Worin sich dieses Talent äußerte und was damit bewirkt werden konnte, darüber hatte Mel sich ausgeschwiegen. Das war ihm bisher nie aufgefallen. Die Fähigkeit des Traumwanderns hatte ihm stets genügt. Die Lektüre des Kodex lehrte ihn, dass er viel mehr vermochte, als nur Energie und Lebenskraft aus den Träumen der Menschen zu ziehen, selbst wenn er nur ein mäßig begabter Traumwanderer sein sollte. Warum hatte Mel ihm all dies verschwiegen? Sie musste es wissen! Oder verlangte sie von ihm etwas, was sie selbst nie getan hatte: den gesamten Kodex durchzuarbeiten?

Während er sich noch darüber wunderte, warum seine Mutter ihm so vieles vorenthalten hatte, war er fast unbemerkt in ein neues Kapitel vorgedrungen: die Regeln des Traumwanderns.

Hier erwarteten ihn, so vermutete Ciaran, weit weniger Überraschungen – den Unterweisungen seiner Mutter sei dank. Gleich der erste Abschnitt behandelte, wie konnte es anders sein, die oberste Maxime: keine Vermischung von Traum und Realität. Er hatte schwer mit sich gerungen, ob er wirklich in seiner Abschrift fortfahren sollte. Viel reizvoller erschien ihm das genauere Studium der vorangegangenen Seiten. Letztendlich hatte der unbedingte Wille, Mel große Fortschritte zu präsentieren, um Ausgang zu bekommen, gesiegt. Nun hatte er den Schlamassel. Ciaran war auf etwas gestoßen, was sein Leben in seinen Grundfesten erschütterte.

Das darf nicht wahr sein! Es darf einfach nicht! Was habe ich nur getan? Und wie komme ich da wieder heraus?

Nein. Um mich darf es dabei nicht gehen, sondern einzig und allein um Aurora. Sie ahnt nicht einmal, dass ich auf dem besten Weg bin, ihr Leben zu zerstören. Dabei will ich nur eines: mit ihr zusammen sein. Das kann ich nicht! Das darf ich nicht! Scheiße, scheiße, scheiße! Ich brauche sie!

Ciaran ließ noch etliche halblaute Schimpfworte folgen. Dann vergrub er das Gesicht in den Handflächen. Die Lage war aussichtslos!

19

Kein Anruf, keine SMS, keine Mail. Beinahe minütlich checkte Aurora ihr Handy. Nichts. Kein Lebenszeichen von Ciaran, das ganze Wochenende nicht. Dabei hatte er ihr am Freitag sogar Hoffnung auf ein Treffen gemacht. Auf ihre fünf SMSen hatte er nicht geantwortet und wenn sie sein Handy anrief, ging immer nur die Mailbox ran. Und bei WhatsApp war er nicht angemeldet.

Dass er gegen seine ältere Schwester nicht ankam, was den Hausarrest anging, konnte Aurora nachvollziehen. Diese totale Funkstille hingegen machte sie wütend und ratlos. *Habe ich etwas falsch gemacht? Irgendetwas gesagt oder getan, was ihn verärgert hat? Als wir uns am Freitag nach der Schule verabschiedet haben, war alles in Ordnung.*

Unzählige Male war sie in Gedanken den letzten Schultag durchgegangen. Dabei war sie immer wieder auf die seltsame Bemerkung am Morgen gestoßen. *Kein Garten, aber immerhin,* hatte Ciaran gesagt und damit etwas in ihr zum Klingen gebracht. Sie konnte nicht länger die Augen davor verschließen. Sie musste herausfinden, was dieses Gefühl war, welches sie in

Ciarans Gegenwart und selbst, wenn sie nur an ihn dachte, befiel. Mit Verliebtheit hatte das nichts zu tun. Obschon sie diese empfand. Viel stärker als das Herzklopfen war diese Vertrautheit. *Als würden wir uns aus einem anderen Leben kennen. Es sind vor allem seine Iriden, blau und gleichzeitig alle Farben der Welt. Solche Augen vergisst man nicht. Und doch fehlt mir eine klare Erinnerung. Es ist, als wenn man morgens aufwacht und vom Traum ist nur ein vages Bild zurückgeblieben.*

Bei diesem Gedanken stockte Aurora, schlug sich mit der flachen Hand gegen die Stirn. *Das ist es! Ich habe von ihm geträumt. Schon oft. Lange, bevor wir einander zum ersten Mal begegnet sind. Er ist der Junge aus meinen Träumen.*

Vor ihrem inneren Auge entstand das Bild eines wundervollen, riesigen Gartens. Und mittendrin stand der Junge mit den faszinierenden Augen. Sie erinnerte sich an alles, jedes Detail ihrer Träume des letzten Jahres schoss in Sekundenbruchteilen durch ihr Gedächtnis. In jedem tauchte Ciaran auf, mal nur am Rande, dann wieder in langen Sequenzen. Jedes Mal waren sie einander nahe. Weniger in körperlicher, mehr in emotionaler Hinsicht. Summend lag die Vertrautheit über jeder einzelnen Erinnerung. Irrtum ausgeschlossen, Ciaran war seit vielen Nächten Bestandteil ihrer Träumen, nein, mehr als das. Sein Agieren erschien Aurora so eigenständig und um ein Vielfaches lebendiger als das der anderen Personen in ihren nächtlichen Abenteuern. Rückblickend hatte sie den Eindruck, er wäre genauso ein Träumender wie sie gewesen. Ein gemeinsamer Traum, das war nicht möglich! Oder etwa doch?

Nein, ausgeschlossen. Träume sind Produkte des Unterbewusstseins. Sich einen Traum zu teilen, bedeutet, in das Unterbewusstsein des anderen vorzudringen. So etwas ist schlichtweg unmöglich! Basta!

Wenn die Sache nicht so verwirrend gewesen wäre, hätte Aurora über sich selbst und ihre dummen Ideen gelacht. Angesichts der Situation war ihr nicht nach Lachen zumute. Sie ärgerte sich über Ciaran, der nicht anrief; doch viel mehr regte Aurora sich über ihr eigenes Verhalten auf. Wie nur konnte sie sich von einem Jungen und seinem Tun dermaßen verrückt machen lassen, dass sie wahnwitzige, geradezu schwachsinnige Theorien wie gemeinsames Träumen entwickelte?

Offenbar war sie einer gewaltigen Selbsttäuschung erlegen. Sie hatte geglaubt, nicht so verknallt zu sein, dass es ihr Urteilsvermögen trübte. In ihrer Selbstwahrnehmung war sie nicht gerade cool, aber einigermaßen vernünftig mit der Freund-Freundin-Sache umgegangen. Offenbar ein Trugschluss, legte sie die Reaktion auf Ciarans Funkstille zugrunde.

Oh Gott, das macht mich wahnsinnig! Wenn ich nur mit jemandem drüber reden könnte. Helene? Nein, selbst ihr kann ich Verrücktheiten wie geteilte Träume nicht zumuten. Und mit Ciaran kann ich nicht sprechen. Obwohl … vielleicht weiß er von der Traumsache. Möglicherweise hat er deswegen die Andeutung mit dem Garten gemacht. So wollte er herausfinden, ob ich mich an unsere Begegnungen im Traum erinnere. Kann es sein, dass er enttäuscht ist, weil ich am Freitag nicht darauf eingegangen bin? Meldet er sich deswegen nicht? Ich rufe ihn an und erzähle ihm, dass mir alles wieder eingefallen ist!

»Aurora, komm essen!«, rief ihre Mutter.

Ausgerechnet jetzt! Sonntags dauert das Abendessen immer besonders lange, weil wir danach noch die Pläne für die nächste Woche durchsprechen. Danach ist es definitiv zu spät zum Telefonieren.

20

Er hatte zu lange gezögert. Als er an Auroras Haus ankam, war sie schon weg. Er musste sich beeilen, um es rechtzeitig zum Unterricht zu schaffen. Er spielte mit dem Gedanken zu schwänzen. So konnte er Aurora aus dem Weg gehen. Was er ihr zu sagen hatte, wollte er nicht in der Pause tun. Es würde sie aufregen, jeder sähe es ihr an und das verletzte sie noch mehr. Er musste bis zum Unterrichtsende warten und sich zwischenzeitlich die passenden Worte zurechtlegen. Wobei er insgeheim bezweifelte, dass es die richtigen Worte geben konnte.

Ihm blieb keine Wahl. Er musste mit Aurora reden, bevor sie ernsthaften Schaden erlitt. Und bis dahin versuchen, unsichtbar zu bleiben. Schwänzen ging nicht, denn dann erführe Mel davon. Vorzugeben, dass er krank war, stellte keine Option dar. Mel wusste, dass er niemals krank wurde. Traumwanderer besaßen eine nahezu perfekte Immunität gegen alle menschlichen Krankheiten.

Ciaran begann zu rennen, um es noch pünktlich zur Schule zu schaffen. Die körperliche Anstrengung vertrieb zumindest für den Moment jedwede Gedanken.

Sie hatte vor dem Haus auf ihn gewartet. Ciaran war nicht gekommen. Auf dem Weg zur Schule machte sie sich Gedanken. Ob er krank war oder einen Unfall gehabt hatte? Das wäre eine Erklärung für die Funkstille. Aurora kam sich schäbig vor, weil sie sauer auf ihn war, obwohl nicht klar war, ob ihr Freund sie absichtlich versetzt hatte. Warum musste sie immer gleich das Schlechteste von den Menschen denken?

Die ersten zwei Schulstunden verbrachte sie damit, sich auszumalen, was ihm alles zugestoßen sein konnte, unterbrochen nur von dem Gedanken, dass sie unbedingt mit ihm reden musste. Diese Traum-Sache wollte ihr nicht aus dem Kopf gehen.

Als sie dann zur Hofpause nach unten lief, sah sie ihn. Er sah sie ebenfalls. Dennoch drehte er sich um und verschwand in der Schülermenge. Aurora unternahm den halbherzigen Versuch, ihm zu folgen. Ihn zu rufen, traute sie sich nicht. Es wäre ohnehin zwecklos. Er war ihr absichtlich ausgewichen! Dessen war sie sich sicher.

»Aurora, pass auf!«

Helenes Ansprache war es zu verdanken, dass sie ihr Pausenbrötchen nicht zu Brei zerquetschte.

»Heute Nacht wohl von Kraft geträumt?«, scherzte die Freundin. »Was ist los? Du bist den gesamten Morgen schon so komisch.«

»Nichts. Ich habe nur schlecht geschlafen.« Das war nicht einmal gelogen.

»Es ist wegen Ciaran, oder?«, bohrte die Freundin nach.

Aurora feuerte das angematschte Brötchen in einen Mülleimer. Es war Teewurst drauf. Die mochte sie nicht besonders. Sie hatte es Ciaran geben wollen. Der kam immer ohne Pausenbrot in die Schule. Seine Schwester war da nicht so fürsorglich wie Auroras Mutter. Obwohl sie alt genug war, um sich selbst um ihre Schulbrote zu kümmern. Was auf Ciaran ebenso zutraf. Also kein Grund für Mitleid. Das war ohnehin verschwendet, so, wie der sich benahm.

»Und, bekomme ich noch eine andere Antwort als dein sauertöpfisches Gesicht?«

»Ach, lass mich in Ruhe«, fuhr sie die Freundin an und bereute es im gleichen Moment. *Es ist nicht Helene, der ich böse bin. Sie lässt mich im Gegensatz zu Ciaran nicht im Stich.* »Tut mir leid.« Aurora umarmte die Freundin, die ihr sanft den Rücken tätschelte.

»So schlimm? Was hat er getan?«, fragte sie mit sanfter Stimme.

»Frag lieber, was er nicht getan hat. Das ganze Wochenende kein Lebenszeichen von ihm. Und jetzt besitzt er die Frechheit, einfach vor mir davonzulaufen. Wenn es aus ist, dann soll er es mir wenigstens ins Gesicht sagen!« Sie seufzte. »Ich habe gewusst, dass das nicht gut gehen kann. Welcher Junge will schon was von mir!«

In den letzten Tagen hatte sie sich der Illusion hingegeben, Ciaran sei so ein Junge, einer, der es ernst meinte. Da hatte sie sich wohl geirrt. Erneut war sie enttäuscht worden. Auf Menschen konnte man sich nicht verlassen. Na ja, auf die meisten nicht, korrigierte sie sich bei einem Blick auf Helene.

»Jetzt hör mir mal zu!« Helene fasste sie bei den Schultern und sah sie eindringlich an. »Jeder Junge, der nicht dein Freund sein möchte, ist meiner Meinung nach schön blöd. Und außerdem glaube ich nicht, dass es vorbei ist. Ich habe mehr als einmal gesehen, wie Ciaran dich anschaut. Das ist kein kurzes Strohfeuer gewesen. Der ist nicht nur ein bisschen verknallt. Da steckt mehr dahinter. Vielleicht so viel, dass er selbst nicht weiß, wie er damit umgehen soll. Gib ihm Zeit, er wird schon wieder ankommen.«

Manchmal klingt sie so erwachsen. Ich würde ihr so gerne glauben. Ich weiß, dass da mehr ist. Ob ich ihr von den Träumen erzählen soll? Nein. Es ist eine Sache zwischen Ciaran und mir. Bei aller Freundschaft, das kann sie nicht verstehen. Ich verstehe es selbst nicht.

»Jetzt hör auf zu grübeln. Das bringt nichts. Kopf hoch und zeig ihm, dass du nicht auf ihn angewiesen bist.«

Sie hat recht. Grübelei bringt mich nicht weiter. Ich werde Ciaran nach der Schule abpassen und die Sache mit ihm klären. Das ist er mir schuldig! Aurora versuchte sich an einem Lächeln.

»Geht doch!«, lobte Helene.

»Ich bin froh, dass du meine Freundin bist.«

Ich bin so ein Feigling! Einfach so wegzurennen. Aber was hätte ich sonst tun können? Aurora mitten auf dem Schulhof eröffnen, dass es vorbei ist, noch bevor es richtig angefangen hat? Sie würde weinen, in aller Öffentlichkeit. Wie beschämend. Das konnte ich ihr nie antun. Besser, wir bereden das unter vier Augen. Es wird ohnehin schwer genug, standhaft zu bleiben. Wie soll ich sie davon überzeugen, dass es das Beste für sie ist, wo mein Herz das Gegenteil will.

Wenn ich gewusst hätte, dass die Sache mit zwei gebrochenen Herzen endet …

»He Ciaran, wo hast du denn deine Freundin gelassen?« *Veronika! Die hat mir gerade noch gefehlt!* »Hast wohl gemerkt, was für ein Loser sie ist? Besser für dich.« Sie lächelte höhnisch.

»Aurora ist mehr wert als du und deine Clique zusammen. Und jetzt schleich dich.« Er drehte ihr demonstrativ den Rücken zu.

»Wirst schon sehen, was du davon hast!«, zischte sie.

Das verdiente keine Antwort und so schwieg Ciaran. Er hatte wahrlich andere Sorgen als seine Beliebtheit in der Schule. Vielleicht sollte er Mel um einen Umzug bitten. Sie hatte es selbst schon vorgeschlagen und mit der Ödheit der Kleinstadt hatte er die perfekte Erklärung.

Aus den Augen, aus dem Sinn, funktionierte seines Erachtens nach nicht, aber möglicherweise käme Aurora leichter über die Trennung hinweg, wenn sie ihn nicht tagtäglich in der Schule sah.

Hätte er die Kraft für einen solch radikalen Schritt? Ertrüge er es, sie nicht wenigstens in seiner Nähe zu wissen? Der Traumentzug war schließlich schlimm genug. Obwohl er Aurora fast täglich sah, hatte er sich immer wieder dabei ertappt, wie er den Silberanhänger festhielt und sich den Mut wünschte, ihn zu benutzen. Unwillkürlich wanderte seine Hand zu der Kette um seinen Hals. *Es wäre eine Möglichkeit. Einige wenige Male nur könnte ich ihre Träume besuchen und ihr so helfen, über den Verlust hinwegzukommen. Sie weiß nicht, dass ich es bin. Also besteht für sie bei der Sache keine Gefahr. Das ist letztendlich alles, was zählt.*

Halbwegs versöhnt mit seinem weiteren Vorgehen verbrachte er die verbleibenden Schulstunden mit der Suche nach passenden Abschiedsworten und damit, sich innerlich gegen Auroras Reaktion zu rüsten. Auf keinen Fall durfte er im entscheidenden Augenblick schwach werden.

21

MONTAGNACHMITTAG

Er wurde schwach. Als er Aurora nach Schulschluss vor ihrem Klassenraum abpasste, musste er sie umarmen. *Ein letztes Mal*, sagte er sich.

Dankenswerterweise schob sie ihn von sich. Er hätte nicht die Kraft aufgebracht, sie loszulassen. Es fühlte sich einfach zu gut an, sie zu halten. Er versuchte, sich ihren Geruch einzuprägen. Wenn er sie schon verlassen musste, so brauchte er Erinnerungen an sie, von denen er zehren konnte.

»Wir müssen reden«, sagte sie und schaute ihn ernst an. Er glaubte, sogar Verärgerung in ihrem Blick zu erkennen. Das und ein klein wenig Unsicherheit. Mit dem Ärger konnte er leben; Zorn war kraftvoll, konnte produktiv sein. Was ihm Sorgen bereitete, war die Unsicherheit. Diese machte Aurora schwächer, als sie war. Als ihr Freund hatte er ihr die Selbstzweifel, die Scheu nehmen wollen, hatte sich vorgenommen, ihr wahres, starkes und strahlendes Ich zum Vorschein zu bringen. Jetzt war er dabei, die Fortschritte der wenigen gemeinsamen Tage zunichtezumachen.

»Ja, wir müssen reden«, antwortete er schweren Herzens. »Lass uns irgendwo hingehen, wo wir ungestört sind.«

»Die Fischteiche«, schlug Aurora vor.

»Nein.« Ihr Rückzugsort sollte nicht durch die Verbindung mit ihrer Trennung belastet werden. »Der Stadtpark.«

Park war ein zu großes Wort für die kleine Rasenfläche mit den einzelnen Baumgruppen. Für seine Zwecke genügte es. Auf dem kurzen Weg dahin schwiegen sie. Dabei sah Ciaran ihr die Ungeduld und Aufregung an. Auf ihren Wangen hatten sich rote Flecken gebildet, ein typisches Zeichen dafür, dass sie sehr aufgewühlt war. *Ob sie ahnt, was ich ihr sagen will?* »Aurora, setz dich!« Sie blieb stehen. »Bitte.«

Sie nahm auf dem äußersten Ende der Bank Platz. Ihm schien es, als lägen Welten zwischen ihnen. Die Kluft schmerzte ihn. Doch sie würde es ihm erleichtern. »Aurora, ich muss dir etwas sagen.« Sie schaute ihn an. Er wich ihrem Blick aus, musste schlucken. »Ich, ich … ich habe mich getäuscht. Ich kann nicht mit dir zusammen sein.« Es war ihm, als kollabierte sein Innerstes. Sie öffnete den Mund.

Er hob andeutungsweise die Hand. »Nein, bitte lass mich ausreden. Es liegt nicht an dir, sondern an mir.« *Was für eine abgedroschene Phrase.* »Es funktioniert einfach nicht.«

»Warum nicht? Erklär's mir!« Eine Forderung, keine flehentliche Bitte. Warum musste sie es so hart für ihn machen?

»Ich kann nicht.« Bedauernd schüttelte er den Kopf.

»Du willst nicht! Du schuldest mir eine Erklärung!« In ihren Augen glitzerte es verdächtig. Ciaran war sich nicht sicher, ob es Traurigkeit war oder Wut.

Seine Kehle wurde noch enger. »Es tut mir unendlich leid. Ich wollte dir niemals wehtun.« Mit diesen ehrlich gemeinten Worten, die vollkommen unzureichend waren, erhob er sich.

Aurora griff nach seinem Arm. »Nein. Du gehst nicht. Wir müssen das klären.«

Fest entschlossen, kämpferisch. Meine Aurora, so, wie ich sie immer gesehen habe; so, wie sie wirklich ist. Er spürte den Verlust wie einen Schlag in die Magengrube. Er riss sich von ihr los und rannte. Lief, so schnell er konnte. Widerstand dem Drang zurückzuschauen.

Sie überlegte, ihm nachzulaufen. Es wäre zwecklos. Selbst wenn sie eine Chance gehabt hätte, Ciaran einzuholen, so bekäme sie keine Antworten von ihm. Das wusste sie, ohne die entscheidenden Fragen gestellt zu haben. Dass er zu feige war, sich mit ihr auseinanderzusetzen, hatte sein Weglaufen hinreichend bewiesen. Tränen kullerten über Auroras Wangen. *Na toll, jetzt heule ich in der Öffentlichkeit.* Sie wischte sich über das Gesicht, konnte jedoch nichts gegen den Tränenstrom tun.

Er hat es nicht verdient, dass ich seinetwegen weine. Es ist nur, weil ich so sauer bin. Es liegt nicht an mir. Es tut ihm leid. Er wollte mich nicht verletzen. Was für blöde Sprüche. Warum hat er nicht einfach gesagt, dass er das Interesse an mir verloren hat? Das wäre wenigstens ehrlich gewesen. Ich sollte ihn abhaken und alles vergessen. Sie kramte in ihrem Rucksack nach einem Taschentuch, putzte sich geräuschvoll die Nase. Danach blieb sie noch eine

Weile auf der Bank sitzen, versuchte, an nichts zu denken, und wartete, bis der warme Wind ihr Gesicht getrocknet hatte.

Auf dem Heimweg kaufte sie sich eine Tüte Lakritze. Ciaran hasste Lakritze.

»Was ist los, Kleiner?«, fragte Mel, als er abgehetzt zu Hause ankam.

Mist, warum ist sie schon da? »Nichts. Ich bin bloß gerannt, um möglichst schnell zu Hause zu sein und weiter den Kodex zu studieren.«

»Du legst einen ganz schönen Eifer an den Tag«, stellte seine Mutter fest und blickte ihn dabei an, als wolle sie ihm direkt in den Kopf schauen.

»Ich hatte gedacht, dass ich es vielleicht schneller als in sechs Monaten schaffen kann. Dann dürfte ich wieder selbst über meine Traumzeit bestimmen, oder? Drei Stunden sind auf Dauer echt wenig.«

»Als du ein Baby warst, musste ich mich jede Nacht mit weniger begnügen.«

Jetzt kommt das wieder. Immer, wenn ich mich über irgendetwas beschwere, zieht sie die Ich-habe-so-viel-für-dich-geopfert-Karte. Dann eben anders. »Für dich ist es sicher anstrengend, mich jede Nacht zu beaufsichtigen.«

Sie stemmte die Arme in die Seiten. Der zum Scheitern verurteilte Versuch, Autorität auszustrahlen. Ihr jugendliches Aussehen machte ihr da ebenso einen Strich durch die Rechnung wie die Tatsache, dass Ciaran die schmale Gestalt seiner Mutter um mehr als eine Handbreit überragte. »Du musst nicht denken, dass du dich aus deiner Strafe rausquatschen kannst. Wann meine Aufsicht endet, entscheide ich. Und wenn ich nur den leisesten Verdacht habe, dass du irgendetwas im Schilde führst, dann werde ich dich den Rest meines Lebens bewächtern.«

Scheiße. So unauffällig kann ich mich nicht verhalten. Mel hört selbst die Mäuse husten. Ciaran nickte schicksalsergeben. »Warum bist du schon zu Hause? Nichts zu tun auf Arbeit?«

»Der Juniorchef hat mir freigegeben. Ich soll ihn heute Abend auf ein Treffen der Handwerkskammer begleiten.«

»Ein Date?« Das war keine Alltäglichkeit für seine Mutter. Die Männer, mit denen sie sich in den letzten Jahren verabredet hatte, konnte Ciaran an einer Hand abzählen. Nur sehr selten waren es mehr als drei oder vier Verabredungen gewesen und am Ende hatte Mel stets etwas deprimiert gewirkt. Fast schien es Ciaran, als sei sie von der Männerwelt im Allgemeinen enttäuscht.

»Kein Date, eine berufliche Verpflichtung«, korrigierte sie ihn erwartungsgemäß. »Selbst wenn ich Interesse hätte, der Mann ist locker fünfzehn Jahre jünger als ich.«

»Freu dich. Die meisten Frauen in deinem Alter wären froh, wenn sie sich einfach so einen jüngeren Mann angeln könnten«, meinte Ciaran, wohl wissend, wie leid Mel es war, immer für viel jünger gehalten zu werden, als sie tatsächlich war. Er wollte sie zum einen vom Thema Bestrafung und deren Dauer abbringen, zum anderen dachte er, dass es an der Zeit sei, dass seine Mutter und er ein erwachseneres Verhältnis zueinander fanden. Er war schon lange nicht mehr der kleine Junge, den man bemuttern musste. Vielmehr war er bereit, Mels Sorgen mit ihr zu teilen. *Wenn ich das schon früher gemacht hätte, wäre ich jetzt nicht in dieser beschissenen Lage. Dann teilte ich weiter Auroras Leben und ihre Träume … und brächte sie in schreckliche Gefahr.*

Ach scheiße, Mels Bestrafung hat Aurora gerettet. Am liebsten wäre er ihr vor lauter Dankbarkeit um den Hals gefallen.

»Was ist, Ciaran? Warum schaust du so?«, fragte seine Mutter, ohne auf seine vorherige Bemerkung einzugehen.

»Nichts. Weißt du eigentlich, wie lieb ich dich habe, Mama?« Er schlang seine Arme um ihren Oberkörper und drückte ihr einen Kuss auf die Stirn.

»Ich weiß, mein Kleiner. Deswegen brauche ich keine anderen Männer in meinem Leben. Du genügst mir vollkommen.«

So traurig, wie sie sich anhört, kann ich das nicht glauben. Es gibt bestimmt Momente, in denen sie sich einen Partner wünscht. Aber die Sache hätte nie eine Zukunft. Spätestens nach fünf Jahren müsste sie ihn verlassen. Oder ihm die Wahrheit sagen und hoffen, dass es gut geht. Was es nicht würde. Sie hat mich zu Recht vor den Gefahren von Herzensangelegenheiten gewarnt.

Ciaran hielt seine Mutter noch eine Weile fest, und als er sie losließ, taten beide, als sei nichts vorgefallen.

22

»Du bist so schweigsam. Und siehst blass aus. Du wirst mir doch nicht etwa krank werden?«

Das *Nein, Mutti!* lag Aurora auf der Zunge. Sie schluckte es herunter. Wenn ihre Eltern glaubten, sie brüte einen Infekt aus, so war das besser, als wenn sie den wahren Grund für ihre Blässe und die roten Augen erfuhren.

Sie hatte wirklich versucht, sich zu beherrschen, aber kaum war sie zu Hause gewesen, hatte sie haltlos zu weinen begonnen. Aurora hatte wissen wollen, wie sich Liebeskummer anfühlte. Jetzt wusste sie es.

Definitiv ein scheiß Gefühl. Zum Unter-die-Decke-kriechen und nie wieder herauskommen. Was selbstverständlich nicht ging. Sie musste sich zusammenreißen, damit ihre Familie nicht merkte, was los war. Die Beziehung zu Ciaran hatte sie ihnen verheimlicht, da wäre es dumm, sie jetzt von deren Ende wissen zu lassen. Also hatte sie die Tränen fortgewischt und sich zu ihnen an den Abendbrottisch gesetzt.

Ihre Mutter war aufgestanden und legte ihr die Hand auf die Stirn. »Fieber scheinst du keins zu haben.«

»Ich fühle mich irgendwie schlapp. Und habe Kopfschmerzen.« Die Lügen kamen ihr erstaunlich leicht über die Lippen. Eine vorgebliche Krankheit war ihre Chance auf ein paar Tage schulfrei. Sie müsste Ciaran nicht sehen und nicht ihre Mitschüler, die wahrscheinlich viel zu bald mitbekämen, dass er Schluss gemacht hatte. Dann waren ihr Spott und Häme gewiss. Momentan ertrüge sie das nicht.

»Dann solltest du ins Bett. Wenn es morgen früh nicht besser ist, bleibst du zu Hause«, entschied ihre Mutter in Auroras Sinne.

»Die darf einfach zu Hause bleiben. Ich muss jedes Mal zum Arzt rennen, der dann zu blöd ist, was zu finden«, murrte ihr Bruder Tommy.

»Ja, weil du selten wirklich krank bist, sondern immer simulierst, wenn du abends zu lange an der Konsole gesessen hast«, schaltete sich ihr Vater ein.

Jetzt habe ich ein schlechtes Gewissen. Aber es ist nicht meine Schuld, dass ich sie belügen muss. Ciaran ist für die Misere verantwortlich. Blöder Kerl. Hätte ich mich nur niemals auf ihn eingelassen. Er schien mir so nett zu sein. Und da war diese besondere Verbindung. Merde, gleich muss ich wieder heulen. Schnell weg hier. »Ich gehe duschen und dann ins Bett.«

»Soll ich dir noch einen Tee kochen?«

»Nein danke, Mutti. Bei Kopfschmerzen hilft am besten Wasser und Schlaf.«

»Wenn du etwas brauchst, rufst du. Erhol dich gut, mein Liebling.«

Aurora murmelte ein »Gute Nacht« und sah zu, dass sie in Bad kam.

Die Tränen flossen bereits, als sie den Riegel vorschob. Sie setzte sich auf den Rand der Badewanne und ließ ein paar leise Flüche gegen die Welt im Allgemeinen und Ciaran im Besonderen los. Und gegen sich selbst.

So ein Mist passiert, wenn man seinen Gefühlen vertraut. Ich dumme Kuh dachte, ich könne diesen Teenie-Liebesdrama-Quatsch vermeiden. Jetzt sitze ich hier und heule. Dabei ging es gerade mal eine Woche. Es sollte nicht so verdammt wehtun, dass es vorbei ist.

Besser konnte es kaum laufen. Mel verlegte seine Traumzeit nach vorne, was hieß, dass es an diesem Abend spät würde. Eine allzu frühe Traumzeit bedeutete eine Einschränkung der Träumerauswahl, denn der Umkreis, in dem er fremde Träume wahrnehmen konnte, war zwar groß, jedoch nicht ausreichend, um in andere Zeitzonen und damit Gebiete nächtlicher Ruhe vorzudringen. So blieben Ciaran fast ausschließlich Babys und Kranke. Wahllos nahm er den erstbesten Traum. Heute juckte es ihn noch viel weniger als sonst, dass dieser öde und substanzlos war. Später würde er Auroras Träume besuchen. Das entschädigte ihn für die freudlosen Traumwanderungen der letzten Tage.

Mel verabschiedete sich und Ciaran war endlich allein. Sicherheitshalber wartete er noch ein paar Minuten, denn seine Mutter war eine wahre Meisterin darin, Dinge zu Hause zu vergessen. Er konnte nicht riskieren, dass sie zurückkam und ihn bei seinem Tun ertappte. Einige Zeit tigerte er in der Wohnung auf und ab, räumte den Tisch ab und den Geschirrspüler ein. Mel hatte alles stehen gelassen, für den Fall, dass er später noch etwas essen wollte. Sie dachte, er bliebe auf, um den Kodex zu studieren.

Als er damit fertig war, entschied er, dass er lange genug gewartet hatte. Er ging in sein Zimmer und schloss die Tür. Dann zögerte er. Es war erst kurz vor acht. Aurora schlief gewiss noch nicht. Außerdem zweifelte er plötzlich. Würde ihm der Anhänger als Anker genügen? Und war es tatsächlich ungefährlich für Aurora, wenn er sie wieder in ihren Träumen besuchte?

Für endgültige Gewissheit schlug er den Kodex auf und las die entsprechende Passage zum wiederholten Male. Es war eindeutig von einer gleichzeitigen physischen und träumerischen Beziehung die Rede. Und da er die physische Romanze beendet hatte, bestand kein Grund zur Sorge.

Dennoch, ein mulmiges Gefühl blieb, gepaart mit der Aufregung, ob es funktionieren würde. Ciaran hatte alle Mühe, die Bedenken beiseitezuschieben, als er um kurz vor neun den ersten Versuch unternahm.

Der Pfad in die Ebene der Träume war nicht leicht zu finden, ein eindeutiges Zeichen, dass Ciaran noch nicht geübt genug war mit seinem neuen Anker. Als er es nach etlichen Fehlversuchen in den Garten geschafft hatte, musste er enttäuscht feststellen, dass Aurora nicht da war. Sollte er warten oder es später erneut versuchen? Es rangen seine Ungeduld, die es ihm nahezu unmöglich machte, abzuwarten, und die Angst, eine gemeinsame Traumsekunde mit ihr zu verpassen, miteinander.

Nachdem er den Garten mehrere Male der Länge und der Quere nach durchmessen und dabei Korrekturen an dessen Schönheit vorgenommen hatte, lehnte er sich sitzend an einen Apfelbaum, welchen er zuvor extra zum Blühen gebracht hatte, um auf sie zu warten.

Die Traumstunden zogen dahin und es wurde Abend. Ciaran hätte es verhindern können, denn Traumzeit war der Kontrolle des Träumenden unterworfen. Nur konnten die meisten Träumer sie nicht bewusst steuern.

Traumwanderer hingegen vermochten dies mit Leichtigkeit. Die immer schneller verrinnenden Minuten waren Ausdruck seiner Sehnsucht nach Aurora.

Dann, in jener magischen Stunde, bevor die Sonne erneut aufging, war sie da. Unvermittelt stand sie vor ihm, blickte auf ihn herab. Ihr braunes Haar fiel ihr ins Gesicht. Sie strich es hinter die Ohren, sodass er in ihre traurigen braunen Augen schauen konnte.

»Warum bist du hier?« Nicht Freude, sondern Vorwürfe schwangen in ihrer Stimme mit. »Hast du mich nicht schon genug verletzt und gedemütigt? Musst du dich auch noch in meine Träume schleichen?«

Er wusste nicht, was er darauf erwidern sollte. Dass sie Kummer und Groll über die Trennung so direkt mit in den Traum hinübernahm, war das Letzte, womit er gerechnet hatte. Er war darauf vorbereitet, dass sie vergessen hatte, wie viel sie im Traum schon miteinander erlebt hatten. Insgeheim hatte er gehofft, sie würden dort weitermachen, wo ihr letzter gemeinsamer Traum so abrupt endete.

Aurora zog keine Grenze zwischen seinem realen Ich und seinem Traum-Ich. Ein Träumer sollte nicht in der Lage sein, diese Verbindung zu sehen. Und doch tat sie es. Wie war das möglich? Überhaupt nicht, entschied er. Viel wahrscheinlicher war, dass sie die Verknüpfung nicht wahrnahm, sondern lediglich unbewusst ihre Gefühle übertrug. So musste es sein. Dennoch war es ungewöhnlich. Bisher waren ihre Träume stets Fluchten aus der Wirklichkeit gewesen, in denen Aurora sich eine bessere Welt schuf.

Ciaran nahm sich nicht die Zeit, dieses Mysterium zu durchdenken. Er wollte, dass sie nicht länger zornig auf ihn war, wollte ihr ein paar schöne Stunden im Traum schenken. Das war er ihr schuldig. Deswegen war er hier.

»Ich wollte dir niemals wehtun, das musst du mir glauben. Ich bin hier, damit wir zusammen sein können.« Er versuchte, sie zu sich ins Gras zu ziehen.

Sie bemerkte sein schuldbewusstes Lächeln. Nichtsdestotrotz fiel es ihr schwer, ihm zu glauben. Wie konnte er behaupten, er habe sie nicht verletzen wollen, wo er erst am Nachmittag mit ihr Schluss gemacht hatte?

Andererseits, er war hier. Sie wusste, dass dies alles ein Traum war. Gleichzeitig war sie sich sicher, sie sprach hier mit dem echten Ciaran. Er war gekommen, ihretwegen. Obgleich sie es ihm vorgeworfen hatte, glaubte sie nicht wirklich, dass er in ihre Träume eindrang, um ihr noch mehr Kummer zu bereiten.

Sie setzte sich neben ihn auf das Polster aus Moos und Gras. Er hielt noch immer ihre Hand. Sie wünschte sich, er täte mehr. Sollte sie? Egal, es war ein Traum. Hier war alles erlaubt. Aurora beugte sich zu ihm hinüber. Ihre Münder fanden sich. Der Kuss fuhr ihr wie ein Blitz unter die Haut, ließ ihren gesamten Körper kribbeln. Die Küsse in der Realität waren schön gewesen, aufregend, doch fade im Vergleich zu dem Sturm der Gefühle, welcher jetzt in ihr tobte.

Ohne den Kuss zu unterbrechen, zog Ciaran sie auf seinen Schoß. Sie spürte das Wummern seines Herzens. Sie drückte ihren Oberkörper gegen seinen, doch der Hunger nach mehr Nähe blieb. Aurora griff nach dem Saum seines Shirts, ließ die Hände darunter gleiten. Ihre eigene Kühnheit berauschte sie fast in gleichem Maße wie der noch immer andauernde, bald zärtlich, bald wilde Kontakt ihrer Lippen und Zungen. Seine Haut war weich und warm. Federleicht nur ließ sie die Fingerspitzen darüber gleiten, genoss das seidige Gefühl der feinen Haare rund um den Bauchnabel.

Als Ciaran den Kuss beendete, entfuhr ihr ein enttäuschter Seufzer, welcher sofort auf ihren Lippen erstarb, als Ciaran in einer einzigen fließenden Bewegung sein Shirt abstreifte. Ihr war zuvor nie aufgefallen, wie breit seine Schultern waren. Ihre Finger erkundeten die Linien seiner Schlüsselbeine.

Ihre Entdeckungsreise wurde unterbrochen, als seine Hand den Träger ihres Kleides über die Schulter schob. Das zarte, bodenlange Kleid war von einem fließenden Schnitt. Es würde sofort herunterrutschen, schöbe er den zweiten Träger herab. Aurora hätte schwören können, dass sie noch Augenblicke zuvor ein langweiligeres und weniger kleidsames Modell mit langen Ärmeln getragen hatte.

Dies erinnerte sie daran, dass alles nur ein Traum war. Dennoch fühlten sich die Küsse, mit denen Ciaran ihren Hals und ihre Schulter bedeckte, so wundervoll an – oder gerade deswegen.

Hör auf, darüber nachzudenken!, mahnte sie sich selbst. *Genieße es einfach!*

Und das tat sie dann. Sie ließ zu, dass er ihren Körper mit Händen und Mund erforschte, behutsam, manchmal so sacht wie die Berührung eines Schmetterlingsflügels. Die Selbstverständlichkeit, mit der Ciaran dies tat, ermutigte sie, ihrerseits auf Entdeckungsreise zu gehen. Ihn mit allen Sinnen und hautnah kennenzulernen verstärkte das Prickeln, welches seine Liebkosungen auslösten.

Sie wollte mehr von seiner glatten, samtigen Haut spüren, herausfinden, wie sich sein Körper an ihrem anfühlte. Der Gedanke daran genügte, um seine Hose und ihre seidene Unterwäsche verschwinden zu lassen. Ihr Kleid hatte Ciaran ihr schon abgestreift. Ein kurzes Erschrecken ob der vollkommenen Nacktheit nur, ein Augenblick des Zögerns, dann die Gewissheit, dass dies alles ein Traum war.

Alles fühlte sich so richtig an.

Immer forscher und mutiger wurden ihrer beider Hände und Münder. Auroras Körper vibrierte vor Anspannung, nicht unangenehm oder angstvoll, sondern intensiv und fordernd. Voller nie zuvor verspürter Sehnsucht suchte sie seinen Blick. Die Tiefe seiner blauen Augen war angefüllt von eben jener Sehnsucht, von tiefem Verstehen und …

Sie kam nicht dazu, darüber nachzudenken, denn ihre Körper fanden wie von selbst zueinander. Jedwedes Denken ging im Ansturm der Gefühle unter. In Licht und Wärme schien sich aus zwei Körpern ein einziger zu formen.

Tränen des Glücks benetzten ihre Wangen.

Arm in Arm lagen sie unter dem Apfelbaum. Ab und zu löste sich eines der Blütenblätter, strich im Herabfallen wie eine sanfte Liebkosung über ihre Haut.

»Aurora …« Ciarans Stimme verschmolz mit den Geräuschen des Gartens – leises Rascheln der Blätter, das Wiegen der Grashalme im Wind, Insektensummen und Vogellauten – zu einer perfekten Harmonie. Sie drehte den Kopf, um ihm in die Augen zu schauen, die im Licht der aufgehenden Sonne in einem gläsernen Blaugrün strahlten.

»Aurora, ich liebe dich!«

Ihr Herz machte einen Sprung, setzte kurz aus, um dann hastig stolpernd weiterzuschlagen. »Ciaran, ich liebe dich auch!«, kam wie von selbst über ihre Lippen. Sie war sich nicht einmal sicher, ob sie es laut gesagt hatte.

Ciaran lächelte. Sie wollte ihn küssen, beugte sich zu ihm hinüber.

Sein Gesicht entfernte sich immer weiter, wurde durchscheinend, ebenso der Rest der Umgebung. Aurora streckte die Hand nach ihm aus.

Was geschah hier? Ein brennender Schmerz durchströmte ihren Körper. »Ciaran!«, rief sie in höchster Panik.

23

Jäh wurde er aus dem Traum gerissen, sah sich irritiert um. Ciaran rechnete damit, in Mels wütendes Gesicht zu schauen, doch er war allein in der Dunkelheit seines Zimmers. Obgleich er keine äußeren Störfaktoren entdeckte, die seiner Traumwanderung ein solch plötzliches Ende beschert hatten, wusste er, dass etwas nicht stimmte, so ganz und gar nicht stimmte. *Es hat eine Veränderung gegeben*, dachte er, während Auroras gehauchtes Liebesbekenntnis in ihm nachhallte. Magen und Herz zogen sich schmerzhaft zusammen. *Aurora! Sie ist in Gefahr! Durch mich.*

Ciaran konnte nicht benennen, was genau dem Mädchen zugestoßen war. Kein Zweifel bestand daran, dass das eingetreten war, wovor er sie hatte beschützen wollen: die Bindung.

Er hatte geglaubt, die Gefahr gebannt zu haben. Eine ausschließliche Traumbeziehung konnte keine Bindung bewirken. Dennoch war es geschehen. *Ich muss zu ihr! Ich muss sie retten!*

Ciaran wurde erst bewusst, was er tat, als er die Schuhe schon zugeschnürt und den Türgriff in der Hand hatte. Er zögerte. Konnte er mitten in der Nacht zu Aurora laufen? Er müsste sich vor ihren Eltern erklären und das konnte er nicht, denn eine Enthüllung dessen, was er war und was er getan hatte, verschlimmerte die Sache nur. Wahrscheinlich ließen sie nicht zu, dass er ihr half. Aber er konnte nicht bleiben und untätig herumsitzen, musste herausfinden, wie es ihr ging.

Einen schrecklichen Moment lang stand ihm das Bild ihres leblosen Körpers vor Augen. Ein gequältes Aufheulen entrang sich seiner Kehle. Er schlug mir der Hand gegen die Wand des Flurs. Der Schmerz half ihm, wieder klarer zu denken. *Sie ist nicht tot. Ich hätte es gespürt, wenn sie mich verlassen hätte.*

Er schnappte sich seinen Schlüssel aus der Schale auf dem Schuhschrank, öffnete die Wohnungstür und rannte polternd das Treppenhaus hinab, ohne Rücksicht auf die Nachbarn und deren Nachtruhe. In der Hofeinfahrt stieß er mit Mel zusammen. Sie packte ihn am Arm. Er hätte sich losreißen können, tat es nicht. Stattdessen warf er sich in die Arme seiner Mutter.

»Ciaran, was ist denn los?«, fragte sie alarmiert.

Er brachte keinen Ton heraus. *Sie ist da. Wenn mir jemand helfen, wenn jemand Aurora retten kann, dann sie.*

Mel hatte ihre liebe Mühe, ihn die Treppe heraufzuführen, so sehr klammerte er sich an sie. Sie bugsierte ihn auf die Couch, setzte sich neben ihn. Er legte den Kopf auf ihre Schulter.

»Was ist geschehen? Du bist kreidebleich!« Ciaran war seiner Mutter dankbar für den sanften Tonfall, frei von Drängen und Vorwürfen. Es half ihm, sich zu fokussieren und ihr in halbwegs zusammenhängenden Sätzen zu berichten, was vorgefallen war und was er befürchtete, Aurora angetan zu haben.

Sie unterbrach ihn nicht und blieb lange still.

»Du weißt, dass du einen großen Fehler gemacht hast.« Mels Stimme klang seltsam. Als er sie anschaute, sah er, wie Tränen über ihre Wangen rollten. Wie sollte er dies deuten? Wie reagieren?

»Ich habe dir nie von deinem Vater erzählt«, fuhr seine Mutter fort. Alles, was er über seinen Vater wusste, war, dass er noch vor Ciarans Geburt gestorben war. »Ich konnte es einfach nicht, denn ich trage die Schuld an seinem Tod. Er starb der Bindung wegen.«

Hieß das, jedes Hoffen auf Rettung für Aurora wäre vergeblich? Ciaran konnte kaum noch atmen.

»Ich werde alles in meiner Macht Stehende tun, damit du nicht dein Leben lang die gleiche Bürde tragen musst wie ich«, versprach Mel mit belegter Stimme.

»Es gibt also noch Hoffnung für Aurora?« Diese Frage zu stellen, kostete ihn Überwindung.

»Hast du ihren Tod gespürt?« Ihre Stimme war unendlich sanft.

»Nein.« Dessen war er sich hundertprozentig sicher.

»Dann gibt es Hoffnung. Aber ich kann dir nichts versprechen. Zunächst müssen wir herausfinden, wie es um sie steht. Was genau hast du wahrgenommen, als die Verbindung zum Traum abriss?«

»In einem Moment habe ich dieses grenzenlose, unbändige Glück gespürt, nicht nur mein eigenes, sondern ebenfalls das von Aurora. Es war, als schlügen unsere Herzen synchron. Und dann …« Er stockte, als die Erinnerung ihn zu überwältigen drohte. »… dann war da plötzlich nichts mehr. Als sei ich abgeschnitten von ihren und meinen eigenen Gefühlen. Das war der Moment, in dem ich den Kontakt zum Traumpfad verlor. Es tut mir leid, besser kann ich es nicht beschreiben.«

»Du machst das sehr gut.« Mel streichelte seinen Arm. »Wenn ich das richtig beurteile, lebt sie tatsächlich noch. Das ist ein gutes Zeichen. Allerdings lässt deine Beschreibung keine Rückschlüsse auf ihren Zustand zu.«

Er schwankte zwischen Hoffen und Bangen. »Wie finden wir heraus, wie es ihr geht?«

»Du musst versuchen, ihren Traum zu besuchen.«

»Versuchen? Es besteht also die Möglichkeit, dass es nicht geht?«

»Ja.« Sie kaute auf ihrer Unterlippe. »Aber wenn es funktioniert, dann bringt uns das ein gutes Stück weiter.«

»Bist du dir sicher?«, fragte er mit belegter Stimme.

Mel nickte.

»Und ich bringe sie damit nicht zusätzlich in Gefahr?« Die Angst hielt sein Herz noch immer fest umklammert. Allein der Gedanke, Aurora weiteres Leid zuzufügen, nahm ihm fast den Atem.

»Nein«, sagte sie mit einem entschiedenen Kopfschütteln.

»Woher weißt du das?«

»Nachdem ich deinen Vater verloren hatte, habe ich versucht, alles über die Bindung herauszufinden, was es zu wissen gibt. Ich musste einfach in Erfahrung bringen, warum mir dieses Unglück widerfahren ist.«

»Hast du es herausgefunden?« Obwohl er merkte, wie schwer es seiner Mutter fiel, darüber zu sprechen, er musste es wissen!

»Ja. Das hat nichts daran geändert, dass sein Tod allein meine Schuld war. Eine Bindung ist immer mit einem gewissen Risiko verbunden. Ich wusste das von Anfang an und war dennoch bereit, dieses Risiko einzugehen, weil die Bindung die einzige Möglichkeit für einen Traumwanderer ist, gemeinsam mit einem Menschen alt zu werden. Als ich erfuhr, dass ich schwanger bin, wollte ich unbedingt, dass dein Vater und ich für den Rest unseres Lebens zusammenbleiben. Es war egoistisch von mir. Dadurch habe ich ihn getötet.« Die letzten Worte flüsterte sie.

»Warum ist er gestorben?«, wollte er ebenso leise wissen.

Ciaran spürte ihr Zögern. »Weil unsere Liebe nicht stark genug war.«

Angesichts der Trauer, die er aus jedem ihrer Worte herauszuhören glaubte, bezweifelte Ciaran, dass es an der Stärke ihrer Gefühle gescheitert war.

Also musste es die Liebe seines Vaters gewesen sein, die nicht genügt hatte. »Ist mangelnde Liebe der einzige Grund, warum ein Bindungsversuch nicht funktioniert?«

»Nein. Aber wenn die Liebe nicht stark genug ist, so endet das fast immer tödlich für den menschlichen Partner. Du liebst Aurora aufrichtig?« Ihr Blick ging ihm durch und durch.

»Ja«, antwortete er sofort. Wie hätte er dies nicht gekonnt. Aurora war perfekt. Nicht nur ihre Träume, sondern alles an ihr. Erneut drohte die Angst, er könne sie verlieren, ihn zu lähmen.

»Und was ist mit ihr? Liebt sie dich?«

»Das tut sie«, antwortete er in der festen Überzeugung, dass es der Wahrheit entsprach. Was blieb ihm anderes, als daran zu glauben? Wenn sich Auroras Liebe als zu schwach herausstellte, wäre eine Rettung nahezu aussichtslos. *Daran darf ich nicht einmal denken!*

»Dann komm!« Mel ging zu ihrem Schlafzimmer und schloss die Tür auf. »Die Traumwanderung wird anstrengender als sonst. Du solltest dich besser nicht auf deinen neuen Anker verlassen.«

Ein gewisser Widerwille befiel Ciaran, als er sich in den Sessel setzte. Möglicherweise die Angst, dass er scheiterte. Als seine Hand sich um den silbernen Sternanhänger schloss, wurde er ruhiger. Mühelos betrat er die Ebene der Träume.

Sie erwachte, als etwas auf ihr Gesicht rieselte.

Apfelblüten.

Sie setzte sich auf und ließ den Blick schweifen. Was war dies nur für ein schöner Ort? Obschon sie nicht wusste, wie sie in diesen wundervollen Garten gelangt war, fühlte sie sich hier sicher und geborgen.

Sie erhob sich und wandelte eine Weile herum. Wiewohl sie Vögel zwitschern hörte und Schmetterlinge dabei beobachtete, wie sie auf bunten Blüten landeten, hatte sie mehr und mehr den Eindruck, an einem toten Ort zu sein. Als fehlte etwas, nein, jemand darin. Die Leere verursachte einen ziehenden Schmerz, der sich durch ihren Körper fraß. Sie wollte davonlaufen …

Und als sie sich umdrehte, stand er da. Was ihr als Erstes auffiel, waren seine Augen. Obgleich sie nicht benennen konnte, was so besonders daran war, rief sein Blick etwas in ihr wach, diffuse Gefühle, Verwirrung. Ihr Herzschlag beschleunigte sich. Der Schmerz schwand.

»Hallo Aurora. Wie geht es dir?«, fragte die vertraute Stimme.

»Wer bist du? Woher kennst du meinen Namen?«

»Weil ich dich kenne. Und du kennst mich. Mein Name ist Ciaran.« Er streckte seine Hand nach ihr aus.

Ciaran. Der Name war ihr so vertraut wie ein hundertfach gedachter Gedanke. Nichtsdestotrotz schien ihr Kopf sich mit Nebel zu füllen, wenn sie über ihn nachdachte. Um dem Chaos zu entkommen, unterbrach sie den Blickkontakt.

»Aurora, bitte schau mich an!«, bat er.

Sie konnte nicht anders, als zu gehorchen. Er war noch näher als zuvor. Seine Stimme schien direkt in ihrem Kopf zu sein. »Wie fühlst du dich?«

»Gut, glaube ich«, antwortete sie zögernd.

»Darf ich deine Hand nehmen?«, fragte er und griff danach, bevor sie zu Ende genickt hatte.

In dem Augenblick, als ihre Fingerspitzen sich berührten, stürzte sie, fiel in ein schwarzes Loch und immer weiter, bis jedwedes Denken endete.

Als Ciaran zu sich kam, hielt seine Mutter ihn im Arm. Sein T-Shirt klebte schweißnass an seinem Rücken. Er brauchte eine Weile, um sich zu orientieren und zu erinnern. *Der Traum ist in sich zusammengebrochen. Ich konnte es nicht verhindern, Aurora nicht festhalten. Was ist mit ihr geschehen? Habe ich alles noch viel schlimmer gemacht?*

»Erzähl mir, was passiert ist«, forderte Mel ihn auf.

Heftig schüttelte er den Kopf. »Wenn ich das nur wüsste.«

»Hast du Auroras Traum gefunden?«, fragte sie.

»Ja. Ich war in ihrem Traum. Sie hat mich nicht erkannt. Und als ich sie berühren wollte, ist der Traum kollabiert. Das ist ein schlechtes Zeichen, oder?« Seine Stimme zitterte.

»Nicht unbedingt. Es kann eine Nebenwirkung der sich verstärkenden Bindung sein.«

Die Worte waren eine schallende Ohrfeige. »Die Bindung verstärkt sich? Ich will Aurora retten und sie nicht in eine lebenslange Beziehung zwingen, der sie nicht zugestimmt hat und die alles für sie verändern wird.«

Mel sah ihn voller Mitgefühl an. »Die Bindung zu festigen ist der einzige Weg, sie vor Schaden zu bewahren. Wenn der Prozess begonnen wurde, lässt er sich nicht mehr umkehren.« Sie streichelte ihm den Kopf. »So leid es mir tut.«

Es tat ihm unendlich weh. Niemals hatte er Aurora zu einer Bindung nötigen wollen. Nicht, weil sie ihm nicht wichtig genug gewesen wäre, sondern gerade, weil sie ihm so wichtig war. Er hätte nicht einmal in Erwägung gezogen, ihr dieses Arrangement vorzuschlagen. Wer ließe sich schon freiwillig auf eine lebenslange Partnerschaft ohne die Möglichkeit der Aufkündigung ein, verbunden mit einer nahezu Verdreifachung der Lebensspanne? Die Bindung bedeutet für den menschlichen Part, die

Beschwernisse des Traumwanderer-Daseins zu teilen, ohne in den Genuss von dessen Vorteilen zu kommen. Jeder Traumwanderer, der einen Menschen dazu brachte, diesen Lebensweg zu wählen, handelte in Ciarans Augen im höchsten Maße egoistisch.

Zumindest hatte er so gedacht, bevor Mel ihm von seinem Vater erzählt hatte. Er verstand, dass es nicht Eigennutz gewesen war, der seine Mutter zu dem tragischen Versuch getrieben hatte – obgleich sie sich das wahrscheinlich vorwarf –, sondern der Wunsch, ihrem ungeborenen Kind eine Familie zu geben. Das Ausmaß der Mutterliebe vertrieb ein wenig von der Klammheit, die sich angesichts der schier aussichtslosen Situation, in die er Aurora gebracht hatte, breitgemacht hatte.

Ich muss mich darauf konzentrieren, sie zu retten. Im Grunde genommen weiß ich noch immer nicht, wie es ihr geht. Und diese seltsame Traumbegegnung war beunruhigend. Wenn sie morgen – oder richtiger: heute – in die Schule kommt, weiß ich schon mal, dass es ihr körperlich gut geht. Sofern ich Glück habe, redet sie sogar mit mir. Dann kann ich feststellen, ob die Sache irgendwelche spürbaren Auswirkungen hatte. Allerdings werde ich nicht umhinkommen, ihr zu erklären, was ich ihr angetan habe. Scheiße, sie wird mich dafür hassen.

24

Er hatte nicht erneut versucht, Auroras Träume zu besuchen. Mel hatte es verboten. Die Anstrengung wäre zu groß gewesen. Tatsächlich war er emotional und körperlich so erschöpft gewesen, dass er trotz der Sorgen einschlief und sogar das Weckerklingeln überhörte. Seine Mutter, die an diesem Morgen freihatte, musste ihn mit dem Auto zur Schule fahren, damit er es rechtzeitig schaffte.

Weder vor der Schule noch in der ersten kleinen Pause konnte er Aurora irgendwo entdecken. Dafür kam in der Hofpause Helene auf ihn zugestürmt. Bevor er »Hallo« sagen konnte, landete ihre Linke mit einem lauten Klatschen in seinem Gesicht. Mehr aus Überraschung denn des leichten Brennens wegen rieb er sich die rechte Wange, während Helene ihn anbrüllte: »Was hast du mit Aurora gemacht? Was hast du ihr angetan?«

Oh scheiße, was ist mit Aurora? Und woher weiß Helene, dass ich etwas damit zu tun habe?

»Los, sag mir, was du getan hast?« Helene hatte ihn am T-Shirt gepackt. Fast wirkte es, als wolle sie ihn schütteln. Dabei war sie einen guten Kopf kleiner als er. Wäre Ciaran nicht vor Angst um Aurora fast vergangen, hätte er wahrscheinlich ob der Vorstellung des Bildes, welches sie abgaben, gelacht. Unter den gegebenen Umständen gelang es ihm gerade so ein »Was ist mit Aurora?« hervorzupressen.

»Sie liegt im Koma. Deinetwegen«, schleuderte sie ihm entgegen.

»Woher weißt du … ich meine, wie kommst du darauf?«, stammelte er. Ciaran konnte förmlich spüren, wie alle Farbe aus seinem Gesicht gewichen war. *Koma ist besser als tot.* Er zwang sich weiterzuatmen.

»Von ihren Eltern. Sie haben mich angerufen. Gestern Abend hat Aurora laut deinen Namen gerufen. Als ihre Eltern nachsahen, was los war, fanden sie sie regungslos in ihrem Bett. Die Ärzte sagen, sie sei aus bisher unbekannten Gründen ins Koma gefallen. Jetzt liegt sie im Krankenhaus, angeschlossen an Geräte und Schläuche. Also, was hast du zu deiner Verteidigung vorzubringen?«

Wie gerne würde ich schwören, dass ich nichts mit der Sache zu tun habe. Irgendwie muss ich Helenes Verdacht gegen mich entkräften, denn sonst kann es ungemütlich für mich werden. Obwohl es mehr als unwahrscheinlich ist, dass sie oder irgendein anderer Mensch herausfindet, wie ich in die Sache verwickelt bin. Ich muss feststellen, was genau Helene weiß oder zu wissen glaubt. »Wie kommst du darauf, ich könnte an dem plötzlichen Koma schuld sein?«

»Wer denn sonst? Immerhin hat sie deinen Namen gerufen, als sie in diesen Zustand fiel.«

Das ist mehr als vage. Wenn sich Helenes Verdacht allein darauf gründet, hat sie nichts in der Hand. »Sie hat also meinen Namen gerufen? Da bist du dir sicher?«

»Ihre Eltern haben es genau gehört. Sie wussten, dass ihr ein Date hattet. Deswegen haben sie mich gefragt, ob da noch mehr war. Und was ich sonst über dich weiß.« Noch immer lag ihr prüfender Blick auf ihm.

»Was hast du ihnen erzählt?« Er versuchte, die Aufregung aus seiner Stimme herauszuhalten. Seine Hände hatte er in den Hosentaschen vergraben, damit Helene nicht sah, wie sehr sie zitterten.

»Nichts, was sie nicht schon wussten. Denke nicht, dass ich es deinetwegen getan habe.« Sie schnaubte. »Ich wollte nur nicht, dass sie wissen, dass Aurora ihnen eure Beziehung verheimlicht hat. Lenk nicht vom Thema ab. Was hast du mit ihr gemacht?« Ihr Zeigefinger stach ihm in die Brust.

»Nichts«, antwortete er mit Nachdruck.

»Nichts? Du lügst! Gestern noch war sie todtraurig, weil du dich am Wochenende nicht gemeldet hast, dann geht ihr nach der Schule zusammen weg und am Abend fällt sie ins Koma. Da besteht ein Zusammenhang. Hast du Schluss gemacht und ihr gemeine Dinge an den Kopf geworfen? Wenn du das getan hast, war der emotionale Stress wahrscheinlich zu viel für sie und sie ist deswegen kollabiert.« Helene schnappte ob ihrer raschen, wütenden Rede nach Luft.

»Unsinn. Ich habe noch nie gehört, dass Stress jemanden ins Koma fallen lässt. Es muss einen anderen Grund geben.« *Dass es den gibt, weiß ich genau. Leider bin ich an der Situation schuldiger, als Helene denkt. Nichtsdestotrotz muss ich sie davon überzeugen, dass ich nur das Beste für Aurora will.*

»Himmel, Aurora ist meine Freundin. Ich mache mir mindestens genauso viele Sorgen um sie wie du. Ich täte alles, damit es ihr gut geht.« Er meinte es absolut ehrlich. All seine Ängste und die Verzweiflung schwangen in dem letzten Satz mit.

»Du liebst sie wirklich!« Helene klang weniger überrascht, als vielmehr erleichtert.

»Ja, ich liebe sie«, bekräftigte Ciaran. Es machte ihm nichts aus, dies zuzugeben.

»Tut mir leid, dass ich dich beschuldigt habe. Und die Ohrfeige auch. Ich mache mir nur solche Sorgen um Aurora«, entschuldigte sie sich mit hängenden Schultern.

»Das verstehe ich. Vergeben und vergessen.« Er machte einen Schritt auf Helene zu, legte ihr die Hand auf die Schulter. »Ich mache mir genauso Sorgen. Meinst du, ich kann sie im Krankenhaus besuchen? Vielleicht hilft es ihr, wenn ich da bin.«

»Ich weiß nicht, das müssen ihre Eltern entscheiden. Ich war heute früh da, durfte durch die Scheibe kucken. Kennst du ihre Eltern?«

Ciaran schüttelte den Kopf.

»Wenn du willst, begleite ich dich heute Nachmittag ins Krankenhaus und stelle dich ihnen vor. Ich kann ein gutes Wort für dich einlegen.«

Sein »Danke« für dieses Angebot kam aus tiefster Seele.

»Fällt dir ein Grund für Auroras Koma ein?«, wollte Helene wissen.

Das Klingeln entband ihn glücklicherweise von der Antwort auf diese Frage. Er zuckte nur kurz mit den Achseln und fragte: »Treffen wir uns dann nach dem Unterricht und besuchen Aurora?«

»Machen wir. Vielleicht geht es ihr dann schon besser.« Ob sie das sagte, um ihm oder sich selbst Mut zu machen, wusste Ciaran nicht. Er ging davon aus, dass sich Auroras Zustand nicht spontan bessern würde.

25

Sie wusste weder, wer sie war, noch wo sie war.

Suchend wanderte sie zwischen Bäumen und Sträuchern umher, ohne zu wissen, wonach sie Ausschau hielt. In einem Teich betrachtete sie ihr Spiegelbild. Das braune Haar hing in wirren Strähnen um ihr Gesicht, die Augen lagen tief und müde in den Höhlen. »Wer bist du?«, fragte sie das fremde Ebenbild.

Ein Insekt berührte die Wasseroberfläche. Die feinen Wellen verzerrten das Bildnis bis zur Unkenntlichkeit.

Eine dumpfe Teilnahmslosigkeit bemächtigte sich ihrer. Sie legte sich unter einen der Bäume. Ein welkes Blatt fiel hernieder und landete auf ihrem aschgrauen Kleid.

26

Zäh wie Kaugummi zogen sich die verbleibenden fünf Schulstunden. Das Klingeln zum Unterrichtsende war ebenso erschreckend wie erlösend. Ciaran graute davor, Aurora in dem von ihm verschuldeten Zustand zu sehen.

Hoffentlich darf ich zu ihr. Soll ich ihren Eltern sagen, dass ich Auroras Freund bin? Oder bin ich nur EIN Freund. Vielleicht kann Helene mir einen Rat geben. Wo bleibt sie überhaupt?

Er lief vor dem Schultor auf und ab. Endlich konnte er im Strom der herauseilenden Schüler Auroras beste Freundin ausmachen.

Der zwanzigminütige Fußweg zum Krankenhaus wurde zur Tortur. Helene löcherte ihn mit Fragen. Zwar schien sie nicht mehr zu glauben, dass Ciaran für das Koma verantwortlich war, doch sie hoffte, er könne irgendeinen Hinweis auf die Ursache geben. *Wenn sie wüsste, was ich getan habe. Sie lynchte mich wahrscheinlich auf der Stelle. Ich könnte es ihr nicht einmal verdenken.*

So ungemütlich der Weg gewesen war, bei der Ankunft im Krankenhaus war er dankbar für Helenes Anwesenheit. Er wusste nicht, ob er Auroras Eltern lange genug in die sorgenvollen Gesichter hätte schauen können, um sein Anliegen vorzutragen. Eine knappe Vorstellung durch Helene genügte und schon stand er im Krankenzimmer.

Jeder Schritt auf ihr Bett zu kostete ihn Überwindung.

Sie ist so blass. All diese Maschinen. Sie sieht so zerbrechlich aus. Dabei muss sie jetzt stark sein. Sonst schaffen wir es nicht. Mel hat gesagt, dass eine

Bindung in so jungen Jahren zu viel für den noch heranwachsenden Körper sein kann. Wenn es zu viel für Aurora ist …

Zögerlich griff er nach ihrer Hand. Sie war nicht so kalt, wie er befürchtet hatte.

»Es tut weh, sie so zu sehen, nicht wahr?«

Ciaran schrak zusammen. Er hatte niemanden hereinkommen hören. Er drehte sich zu Auroras Vater um, ohne ihre Hand loszulassen. »Ja. Was sagen die Ärzte?«

»Leider nicht viel. Sie können keine Ursache für das Koma finden, haben etliche ausgeschlossen. Im Augenblick können sie nicht mehr tun, als ihren Zustand zu überwachen. Möglicherweise wacht Aurora bald von alleine auf.« Es hörte sich nicht an, als setzte ihr Vater allzu viel Hoffnung auf eine solche Spontanheilung. Er klang resigniert und müde.

Ciarans schlechtes Gewissen rumorte in ihm. Nicht nur Aurora hatte er etwas angetan, sondern allen Menschen, denen sie etwas bedeutete. Selbst wenn es ihm gelänge, sie zurückzuholen, verlören ihre Eltern, Brüder und Freunde sie früher oder später. Schließlich war Kontaktabbruch der einzige Weg, die Entdeckung des verlangsamten Alterungsprozesses zu verhindern.

Ich darf nicht so negativ denken! Sonst habe ich nicht genug Kraft, um sie zu retten.

»Gibt es irgendetwas, was ich tun kann?«, fragte er leise.

»Die Ärzte sagen, dass der Kontakt zu vertrauten Personen helfen kann. Du darfst sie also gerne besuchen. Und wenn du hier bist, rede mit ihr. Möglicherweise hört sie dich.«

»Ich werde jeden Tag vorbeikommen, bis sie aufwacht«, versprach Ciaran.

Auroras Vater schüttelte den Kopf. »Das erwartet niemand von dir. Aurora würde es auch nicht fordern.«

Das wusste er, dennoch änderte es nichts an seinem Entschluss. Immerhin hatte Ciaran nicht nur die unklare Hoffnung, dass seine Anwesenheit Aurora nützte, er war sich dessen fast sicher. Die Bindung musste gestärkt werden.

»Ich werde meine Frau nach Hause bringen. Sie muss sich endlich hinlegen. Bleib, solange du willst. Ich kann dich nach Hause fahren, wenn ich wieder da bin.«

»Vielen Dank, das ist nicht nötig. Wenn es später wird, rufe ich meine Schwester an. Was ist mit Helene? Möchte sie nicht reinkommen?«

»Sie ist schon wieder gegangen. Sie sagt, sie erträgt es nicht, Aurora so zu sehen. Wahrscheinlich hätten wir sie nie damit belasten dürfen. Aber wir waren so in Panik«, meinte Auroras Vater mit kraftloser Stimme.

»Helene ist Auroras beste Freundin. Früher oder später hätten Sie es ihr ohnehin erzählen müssen.«

»Es ist schön, dass du hier bist. Eine vertraute Person mehr.« Der Vater legte Ciaran die Hand auf die Schulter. »Ich werde mit dem Stationspersonal sprechen, damit sie dich immer zu ihr lassen, wenn du sie besuchen möchtest.«

»Haben Sie vielen Dank. Das bedeutet mir viel. Aurora ist mir sehr wichtig.« Ciaran wollte, dass ihre Eltern dies wussten. Ein kleines Stückchen Wahrheit in einem Konstrukt aus Lügen und Schweigen. Mehr konnte er leider nicht tun. Außer alles daran zu setzen, ihnen die Tochter zurückzugeben, zumindest für eine begrenzte Zeit.

Die Tür wurde leise geschlossen und er war mit ihr allein.

Auroras Hand zuckte und Ciaran sah, wie sich die Augen hinter den geschlossenen Lidern bewegten. Ob sie gerade träumte? Wie gerne hätte er ihren Traum besucht, doch es hier, unter Beobachtung, und mit einem schwachen Anker zu tun, wagte er nicht. Jederzeit konnte Pflegepersonal hereinkommen oder Auroras Vater kam zurück. Wenn er in der Ebene der Träume wandelte, würde er es nicht merken. Vorzugeben, eingeschlafen zu sein, konnte als Ausrede funktionieren. Es war besser für einen Traumwanderer, diese Karte nicht allzu oft auszuspielen. Irgendwann wurden die Menschen neugierig, machten sich so ihre Gedanken über das sonderbare Verhalten. In früheren Jahrhunderten brannten Traumwanderer auf Scheiterhaufen. Niemals jedoch hatte die Menschheit – abgesehen von den wenigen Menschen, welche die Bindung mit einem seiner Art eingingen – von der Existenz seiner Spezies erfahren. Geheimhaltung war ebenso wichtig wie die oberste Maxime. Deswegen konnte er im Moment nicht mehr tun, als neben Auroras Bett zu sitzen, ihre Hand zu halten und leise mit ihr zu sprechen.

Es war nicht genug!

Seine freie Hand umklammerte den Sternanhänger so fest, dass die Knöchel weiß hervortraten.

27

Sie öffnete die Augen, als ein Sonnenstrahl die Schwärze hinter den Lidern mit bunten Farbreflexen durchbrach. Kahle Äste ragten über ihr in den Himmel, über den der Wind eine graue Wolkendecke jagte, welche die Sonne nur stellenweise durchdrang.

Erst fröstelte sie, doch nach und nach brachte die Sonne den Reif, welcher sich als feine Schicht über die Umgebung und ihren Körper gelegt hatte, zum Schmelzen.

Tief atmete sie die klare Luft ein, hoffte, damit den Nebel, der ihr Bewusstsein einhüllte, zu vertreiben. Die Trägheit ihrer Gedanken, die Unfähigkeit, sich einen Reim auf ihr Dasein, auf ihren Aufenthaltsort und ihre Situation zu machen, blieb.

Ratlosigkeit befiel sie. Furcht wollte nach ihr greifen, aber da war eine Macht, die sie in einen schützenden Kokon hüllte, sodass sie sich trotz aller Unsicherheit geborgen und behütet fühlte.

28

DIENSTAGABEND

Schweren Herzens verließ er das Krankenhaus. Am liebsten wäre er an Auroras Seite geblieben. Ein angeblich Fünfzehnjähriger, der die ganze Nacht am Krankenbett seiner Freundin ausharrt, das ließe niemand zu. Nicht nur Auroras Vater, auch die Krankenschwestern hatten ihn gedrängt, endlich den Heimweg anzutreten. Schließlich hatte er Mel angerufen.

Seine Mutter nutzte die Chance, selbst einen Blick auf Aurora zu werfen. Die tiefen Falten in ihrem jungen Gesicht verhießen nichts Gutes. Als er sie auf dem Heimweg nach ihrer Meinung fragte, sagte sie: »Ich denke, du kannst ihr helfen. Allerdings würde ich mir gerne Rat holen.«

»Rat holen?«

»Es gibt jemanden, der mehr über das Traumwandern weiß als jeder andere. Er nennt sich *der Meister*. Der Kodex in seiner aktuellen Fassung stammt von ihm. Nur gesicherte Erkenntnisse schaffen es in das Buch. Sein Wissen geht viel weiter«, erklärte sie.

»Und du meinst, er kann uns weiterhelfen?« Er ließ den Hoffnungsfunken nicht zum hellen Feuer werden. Zu bitter wäre die Enttäuschung.

»Einen Versuch ist es wert. Auch wenn es mich einiges kosten wird.« Mel parkte das Auto in der Straße vor ihrer Wohnung.

»Was meinst du mit *einiges*?« Sie waren immer gut über die Runden gekommen, ohne reich zu sein. »Können wir uns seine Hilfe leisten?«

»Über die Bezahlung mach dir mal keine Gedanken«, antwortete sie leichthin.

Die Art, wie sie das sagte, ließ Ciaran aufhorchen. Er eilte hinter ihr die Treppe hinauf. »Sag schon, was wird es kosten?«, drängte er.

»Lebenszeit.«

»Lebenszeit?« Beinahe wäre er über eine Stufe gestolpert.

»Ich schätze, ein paar Jahre. Kommt drauf an, für wie wertvoll er seine Informationen hält.« Mel klang unbeschwert, aber er wusste es besser.

»Wie kann man denn mit Lebenszeit bezahlen?«

»Das ist eines der Dinge, die nicht im Kodex stehen und die *der Meister* wie seinen Augapfel hütet. Es scheint zu funktionieren, denn er ist inzwischen über dreihundert Jahre alt und sieht keinen Tag älter aus als fünfzig.«

Dann muss er mit ungefähr 160 Jahren zusätzlicher Lebenszeit bezahlt worden sein. Wer hat ihm so viele Jahre gegeben und warum? Geraten oft Traumwanderer in Not? Kann er Lebenszeit auch von Menschen abzapfen?

Mir ist das nicht geheuer. Ich will nicht, dass Mel ihm auch nur eine Minute opfert.

Andererseits, wenn der Meister *uns helfen kann, Aurora zu retten …*

»Ich werde ihn bezahlen!« Ciaran war nicht gewillt, seine Mutter für seinen Fehler einstehen zu lassen.

»Wirst du nicht«, sagte sie in ihrem seltenen Mutterton.

»Ich kann nicht zulassen, dass du deine Lebenszeit opferst für Fehler, die ich begangen habe«, gab er nicht minder entschlossen zurück.

»Ach Ciaran, wenn ich alles so viel hätte wie Jahre vor mir. Es ist nicht wirklich ein Opfer«, sagte sie sanft.

»Dann sollte es für mich ebenfalls keines sein. Ich habe schließlich noch mehr Jahre vor mir als du.« Er würde sich nicht davon abbringen lassen.

»Mag sein. Allerdings vergibst du nicht mehr nur deine Jahre. Denke daran, dass Auroras Lebensspanne an deine geknüpft ist.«

Das hatte er nicht bedacht. Möglich, dass ihm ein Leben von über zweihundert Jahren bestimmt war. Dann wäre es für Aurora kein großer Verlust. Wenn das Schicksal einen frühen Tod für ihn vorgesehen hatte, konnten die Jahre, welche er *dem Meister* gab, durchaus etwas zählen.

Was wiegt schwerer: das schlechte Gewissen meiner Mutter gegenüber, wenn sie ihre Lebensjahre gibt, oder die Vorwürfe, die ich mir mache, sollten wir den Meister *nicht um Rat bitten und Auroras Rettung scheitern?* Er schluckte. »Du denkst also, wir schaffen es nicht ohne den Rat des Meisters?«, fragte er seine Mutter.

»Ich weiß es nicht. Mir wäre wohler, wenn wir alle Mittel nutzten, die uns zur Verfügung stehen. Ich möchte nicht schon wieder einen Tod zu verantworten haben.« Eine unendliche Traurigkeit lag in ihrer Stimme.

»Du konntest nicht wissen, dass mein Vater dich nicht genug liebt. Und Auroras Zustand ist noch viel weniger deine Schuld. Der Fehler lag allein bei mir.«

»Ich hätte dich warnen müssen. Ich habe gespürt, dass da etwas im Busch ist, erst recht, als ich deine Traumbeziehung entdeckte. Es tut mir leid, ich habe als Mutter und Lehrmeisterin versagt.«

Mel hatte sich an den Esstisch gesetzt und den Kopf in die Hände gestützt. Ciaran beugte sich zu ihr herab und legte ihr tröstend den Arm um die Schulter. »Was immer geschieht, ich bin dir dankbar für deine Hilfe und werde dir niemals irgendwelche Vorwürfe machen. Bitte, warte noch einen Tag, bevor du zum Meister gehst. Ich will erst versuchen, Auroras Träume zu besuchen. Vielleicht kann ich dabei irgendetwas erreichen.«

Sie nickte und reichte ihm den Schlüssel zu ihrem Schlafzimmer. »Pass auf dich auf!«

»Mach ich.« Er gab seiner Mutter einen Kuss auf die Stirn. »Ich nehme den Sessel mit in mein Zimmer. Du solltest dir dringend etwas Ruhe gönnen.«

Ciaran konnte sich nicht erinnern, wann Mel je so müde gewirkt hatte. *Noch jemand, dem ich mit meinem Verhalten geschadet habe. Es hat alte Wunden aufgerissen. Dabei ist es ohnehin ein Wunder, dass sie die Erinnerung an meinen Vater nicht wahnsinnig macht. Ich hülfe ihr so gerne, doch ich weiß nicht wie. Wahrscheinlich ist es am besten, wenn ich zunächst all meine Kraft auf die Rettung Auroras konzentriere. Ein guter Ausgang wird Mel helfen. Hoffe ich zumindest. Jetzt muss ich zu Aurora. Sie braucht mich!*

Beim Transport des Sessels in sein Zimmer eckte er mehrfach an, fluchte halblaut vor sich hin und stieß sich zu allem Überfluss den Zeh. Der pulsierende Schmerz verdrängte für einige Augenblicke die quälende Angst.

29

Der Garten war düster und kühl. Die Bäume und Sträucher standen so dicht, dass sie das fahle Sonnenlicht fast vollständig schluckten. Er konnte nicht sagen, ob es seine oder Auroras Stimmung war, die sich darin widerspiegelte. Fest stand, seine Partnerin – er hatte beschlossen, sie fortan so zu nennen, denn durch die Bindung war sie weit mehr als seine Freundin geworden – war hier, sogar in der Nähe. Dennoch dauerte es eine Weile, bis er sie im beängstigenden neuen Erscheinungsbild des Gartens fand.

Aurora saß auf einem verwitterten Baumstumpf. Als Ciaran sich näherte, schaute sie auf. Es schien ihm, als blicke sie durch ihn hindurch. Er blieb stehen, unsicher, was er tun oder sagen sollte. So war sie es, die aufstand und ihm entgegenging. »Wer bist du?«, fragte sie, als sie eine Armlänge von ihm entfernt stehen blieb. »Ich glaube, ich kenne dich!« Ihre Worte kamen schwerfällig, langsam, gleichsam leblos.

Immerhin war es ein Anfang. »Ich bin dein Freund. Mein Name ist Ciaran.«

»Ciaran.« Bedächtig wiederholte sie den Namen und lächelte dabei. Das Lächeln verflog so schnell, wie es gekommen war. »Wer bin ich?«

»Du weißt nicht, wer du bist?«, fragte er erschrocken.

»Ich habe es vergessen.« Eine Träne löste sich von ihren Wimpern und rollte den Nasenflügel entlang. Die Spuren in ihrem schmutzigen Gesicht und die roten Augen verrieten, dass es nicht die erste war. Aurora wirkte so hilflos wie ein aus dem Nest gefallenes Vögelchen.

Stürmisch nahm er sie in die Arme. Sie schmiegte sich an ihn, begann haltlos zu weinen. Leise redete er auf sie ein. »Alles wird gut. Ich kann dir sagen, wer du bist. Ich werde dir helfen, dich zu erinnern. An dich. An uns.«

Sie hob den Kopf. »Uns? Das hört sich schön an.«

»Das ist es. Uns beide verbindet etwas Besonderes.« Liebevoll blickte er sie an, wischte die Spuren der Tränen von ihren Wangen.

Es war heller geworden, das Geäst hatte sich gelichtet. Er führte Aurora zu einer Bank an einem Teich, schuf einen Ausblick auf eine sonnenbeschienene Blumenwiese. Ein guter Ort. Sie setzten sich und er legte ihr den Arm um die Schulter. Sie lehnte sich an ihn, griff nach seiner Hand. Ihr Zutrauen gab Ciaran Hoffnung.

Sie saßen da und redeten. Geduldig beantwortete er all ihre Fragen, erklärte, wer sie war. Allmählich erinnerte sie sich und ihr eigener Name klang nicht mehr fremd in ihren Ohren. Jedes seiner Worte legte eine neue Erinnerung frei. »Eines verstehe ich noch nicht. Was ist das für ein Ort?«

Nach allem, was Ciaran ihr erzählt hatte, war dies nicht ihre Heimat. In dieser verharrte die Sonne nicht still am Himmel, während die Zeit nur so verflog.

»Dieser Garten ist ein Ort in unseren Träumen.«

»Ich träume also. Dich träume ich nicht.« Jetzt wusste sie es wieder. »Du besuchst mich in meinen Träumen. Das machst du schon lange, viel länger, als wir uns in Wirklichkeit kennen.«

Sie spürte, wie er sich versteifte. Es war ihm wohl unangenehm, dass sie es wusste. Sie war ihm deswegen böse gewesen. An dem Tag, als er sich von ihr trennte – die Trennung hatte er bisher mit keinem Wort erwähnt –, hatte sie eine Erklärung einfordern wollen. Nun, dann tat sie es jetzt. Aurora ließ seine Hand los und rückte ein Stück ab. »Du hast mich verlassen.«

»Nur, um dich zu beschützen.« Er wollte ihr die Hand auf den Arm legen, aber sie wich zurück.

»Beschützen? Du hast mir sehr wehgetan. Nennst du das Schutz?« Die eigene schrille Stimme schmerzte in ihren Ohren.

»Es ist kompliziert«, nuschelte er.

»Du wirst es mir erklären. Fang damit an, wie es möglich ist, dass du meine Träume teilst. Oder ich deine?«

»Ich bin in deinen Träumen. Obwohl ich einen gewissen Einfluss auf den Traum habe.« Er wies auf einen Baum, dessen grüne Blätter im gleichen Augenblick rosa wurden.

Aurora wurde schwindelig und sie stützte den Kopf in die Hände.

»Was ist los?«, fragte Ciaran besorgt.

»Alles dreht sich und ist verschwommen.« Das Sprechen fiel ihr schwer.

»Dann endet dein Traum gerade. Keine Sorge, wir reden später weiter«, beruhigte er sie.

Sie wollte sich nicht auf später vertrösten lassen, sie brauchte ihre Antworten jetzt. Und tatsächlich gelang es ihr, den Schwindel zu verscheuchen.

»Erstaunlich!« Er sah sie mit großen Augen an. »Das solltest du nicht können.«

»Was?«

»Deinen Traum verlängern. Menschen können so etwas nicht.«

»Menschen? Das hört sich an, als seist du kein Mensch«, folgerte sie.

Sie sah, wie er schluckte. »Ich bin menschlich, aber du hast recht, ich bin kein Mensch. Ich bin ein Traumwanderer. Deswegen kann ich hier in deinen Träumen sein.«

»Nur in meinen Träumen?«, fragte sie.

»Nein, in den Träumen aller Menschen, wenn ich denn möchte. Möchte ich jedoch nicht. Deine Träume sind besonders. Daher konnte ich nicht aufhören, sie zu besuchen.«

Der sanfte, liebevolle Blick, mit dem er sie bedachte, ließ sie seinen Worten glauben. Das änderte nichts. »Du hättest mich fragen sollen.«

»Ich weiß. Ich habe nicht damit gerechnet, dass du meine Besuche bemerkst und mich nicht für einen Teil deiner Träume hältst. So wie Menschen das für gewöhnlich tun. Es tut mir leid.« Er seufzte.

Sie schaute ihm forschend ins Gesicht, wollte herausfinden, ob die Reue echt war. Seine Augen glänzten wie poliertes Silber. Es irritierte sie. »Was ist das nur mit deinen Augen«, entfuhr es ihr. »Haben sie überhaupt eine feste Farbe?«

»Nein. Das einzige äußerliche Erkennungsmerkmal von Traumwanderern. Neben einer Hauptfarbe – bei mir blau –, nehmen die Augen je nach Stimmung eine andere Farbe an. Meist spiegeln sie damit die Wünsche desjenigen, dessen Traum der Traumwanderer besucht.«

Mit jeder seiner Antworten kamen neue Fragen. Es war anstrengend, doch Aurora hatte das Gefühl, dass sie jede Antwort brauchte. »Warum sind sie dann jetzt nicht blau, so wie ich sie sonst immer sehe?«

»Ich weiß es nicht«, gab Ciaran unumwunden zu. »Bei dir sind viele Dinge anders. Sonst wäre es nie so weit gekommen …« Er schlug sich die Hand vor den Mund.

»Wie weit? Sag schon, du verschweigst mir doch etwas!« Aurora packte ihn bei den Schultern.

Ciaran schwieg, presste die Lippen aufeinander. Wollte er nicht antworten? Oder suchte er nach den richtigen Worten? Sie wusste es nicht, spürte, wie etwas in ihr zerbrach. Das instinktive Vertrauen bröckelte. Ruckartig zog sie die Hände zurück. Sie wollte fort von ihm. Weg von diesem Ort, aus diesem Traum.

Die Umgebung begann an den Rändern auszufransen. Farben, Gerüche, Geräusche schwanden. Das Letzte, was sie hörte, war Ciarans Stimme, die ihren Namen rief.

Dann war da nur noch Leere, Einsamkeit und Dunkelheit.

30

Er erbrach sich schwallartig auf den Teppich. Eine solch heftige Reaktion auf einen Traumbruch hatte Ciaran noch nie erlebt. War das ein gutes oder ein schlechtes Zeichen? Er wollte an eine positive Deutung glauben. Eine starke Bindung riefe bei einer solch unverhofften Trennung Nebenwirkungen hervor. Hoffentlich nur bei ihm. Wenn er die Sache richtig einschätzte, hatte Aurora den Traum bewusst beendet. Dabei waren sie auf einem guten Weg gewesen: Sie hatte sich erinnert und er die Gelegenheit nutzen wollen, ihr alles in Ruhe zu erklären.

Möglicherweise war es zu viel gewesen. Sie brauchte gewiss Zeit, das Gehörte zu verarbeiten. Konnte sie das in ihrem gegenwärtigen Zustand?

Diese Zweifel, die Ungewissheit, das macht mich noch verrückt. Ich werde zusehen, dass ich die Sauerei hier beseitige und dann werde ich mit Mel sprechen. Sofern sie wach ist und nicht selbst auf Traumwanderschaft. Wie spät ist es?

Halb vier? Das kann nicht sein. Das bedeutet, dass der Traum fast sechs Stunden gedauert hat. Ich habe zwar gemerkt, dass sie das natürliche Traumende unterdrückt hat, aber eine so lange Traumphase kann nicht gesund sein. Wenn das eine Folge der Bindung ist, dann muss ich lernen, die Länge des Traums präzise zu bestimmen und nach einer Weile ein Stoppsignal zu setzen.

Noch mehr Verantwortung. Wenn ich Aurora rette – und das werde ich –, dann habe ich eine lebenslange Verpflichtung. Beängstigend.

Halt! Ich darf nicht negativ denken. Denn ich werde im Gegenzug viel mehr zurückbekommen: viele gemeinsame Jahre mit Aurora, vielleicht eine Familie.

Und Nächte voller geteilter Träume. Das war es, was ich wollte. Deswegen bin ich hergekommen.

Es ist anders, als ich dachte. Aurora ist anders. Sie ist vielschichtiger als ihr Traum-Ich. Ich liebe nicht länger nur ihre Träume, ich liebe sie!

Montagnacht habe ich es ihr gesagt ... und es so gemeint. Und Auroras Liebesgeständnis bezog sich ebenso auf mein reales Ich. Damit haben wir die Bindung ausgelöst. Möglicherweise können wir sie verstärken, wenn wir es wiederholen. Ich muss das mit Mel besprechen.

Er hatte die Spuren seiner Übelkeit beseitigt und sich die Zähne geputzt. Nun öffnete er leise die Tür zum Schlafzimmer seiner Mutter. Der Raum war dunkel ... und leer. Er knipste das Licht an. Das Bett war unberührt. Bis auf einen Zettel.

Mein Schatz,

ich bin unterwegs, um Rat zu holen. Ich verzeihe es mir nie, wenn ich nicht alles versucht hätte. Tu nichts Unüberlegtes. Ich bin heute Abend zurück.

Hab dich lieb - Mel

Ciaran versuchte, seine Mutter auf ihrem Handy zu erreichen. Die Mailbox sprang an. Verdammter Mist! Was sollte er tun? Einfach herumsitzen und abwarten? Das konnte er nicht. Zur Schule gehen? Ausgeschlossen. Eine Weile tigerte er in der kleinen Wohnung auf und ab, während draußen die Sonne aufging. Halb sechs hielt er es nicht länger aus. Er würde Aurora im Krankenhaus besuchen.

31

Die scheinwerferdurchtränkte Nacht war dem Morgen gewichen. Mel bemerkte es erst, als die sich rotgolden hinter dem Horizont erhebende Sonne sie blendete.

Wie viele Stunden war sie schon unterwegs? Die Traumwandererin vermochte es nicht zu sagen. Nur verschwommen erinnerte sie sich an ihren Aufbruch am Abend. Hatte sie Ciaran eine Nachricht hinterlassen? Sie wusste es nicht mit Sicherheit. Erschöpfung drohte sie zu übermannen. Die Mischung aus Selbstvorwürfen und atemraubender Angst trieb sie voran.

Sie hatte versagt! Nicht ein möglicherweise verzeihliches Mal, sondern mehrfach. Ciarans Vater Frederick und nun Aurora. Zwei Tote, für die sie die Verantwortung trug. Zweifach hatte sie ihren Sohn um einen geliebten Menschen gebracht. Ciaran konnte nichts für Auroras scheinbar unausweichlichen Tod. Es war allein ihre Schuld. So wie sie schon Fredericks Tod zu verantworten hatte. Das Leid, welches sie verursacht hatte, nicht nur ihrem Sohn zufügte, war mehr, als ihr Gewissen zu tragen vermochte.

Erneut – wie schon bei Ciarans Bericht in der vorangegangenen Nacht – überfiel sie eine lähmende Trauer, drohte sie in den Abgrund der Verzweiflung zu reißen. Mel klammerte sich an den Gedanken, dass Aurora noch lebte, dass es für sie Hoffnung gab.

Nichtsdestotrotz balancierte ihr Verstand hart an der Grenze des Schlunds. Damals, vor knapp achtzehn Jahren, wäre sie fast hinabgestürzt. Der Tod des Mannes, dessen ewiger Liebe Mel sich sicher geglaubt hatte, hatte sie beinahe in den Selbstmord getrieben. Der Schmerz um den Verlust hatte sie fast um den Verstand gebracht. Sie hätte sich Wahnsinn und Tod hingegeben, aber ihre Schuldgefühle hatten sie gerettet. Angesichts ihrer schrecklichen Tat verwehrte sie sich selbst eine so schnelle Erlösung. Deswegen war sie noch am Leben, und wegen Ciaran. Kurz nach seiner Geburt war er das Einzige gewesen, was ihr die Kraft zum Weitermachen gegeben hatte; inzwischen hatte sie ins Leben zurückgefunden. Einzig die ehemalige Unbeschwertheit im Umgang mit dem Traumwandern schien für immer verloren. Die Notwendigkeit menschlicher Traumwirte war nur noch eines der Erfordernisse des Lebens, welche sie ausreichend auf Trab hielten, um zu verdrängen, was sie getan hatte. Bis Ciaran diesen schrecklichen Fehler beging.

An jenem Abend war sie ohnehin schon aufgewühlt gewesen. Unerwartet war sie beim Treffen der Handwerkskammer auf ihren Verbindungs-Dämon der AzUnW getroffen. Einige schreckliche Minuten lang hatte sie geglaubt, Ciarans Ausrutscher sei ans Licht gekommen. Echte Erleichterung hatte sie durchströmt, als sie bemerkte, dass dem nicht so war, gefolgt von der unwillkommenen Nachricht, dass das AzUnW Ciaran kennenlernen wollte. Das hatte früher oder später geschehen müssen. Später wäre ihr lieber gewesen. Die Beunruhigung darüber war durch die Hiobsbotschaft, welche sie bei ihrer Heimkehr erwartete, verdrängt worden.

Auch jetzt schob sie die Gedanken daran von sich. Zunächst musste sie sich um das Naheliegende kümmern: Aurora musste leben.

Hoffentlich war Auroras und Ciarans Liebe stark genug, stärker als ihre und Fredericks. Ciaran hatte ihr seine tiefen Gefühle für Aurora versichert und Mel glaubte ihm. Sie hatte ebenso auf Fredericks aufrichtige Liebe vertraut. Wie hätte sie es nicht tun können?

Als sie ihn kennenlernte, war sie 26 Jahre alt gewesen, hatte vorgegeben, 20 zu sein. Nach Abitur und einer erfolgreich absolvierten Lehre als Bürokauffrau hatte sie einige Monate in dem Job gearbeitet, dann mal wieder den Wohnort wechseln müssen. Also entschied sie, dass sie Lust auf ein Studium hatte. Finanziell war sie, seit ihre Eltern vor einem Jahr gestorben waren, gut aufgestellt, sodass sie nicht arbeiten musste. Ideale Voraussetzungen, um das Studium durchzuziehen, bevor es wieder Zeit für einen Identitätswechsel wurde. Die Semesterferien wollte sie zum Reisen nutzen. Sie schrieb sich in einer mittelgroßen Universitätsstadt für Philosophie ein. Damals ahnte sie nicht, dass sie nie über das erste Studienjahr hinauskommen und die Universität mit etwas anderem als einem Abschluss verlassen sollte.

Es war ein regnerischer Oktobertag, als sie sich mit gefühlt tausend anderer Studenten in den großen Hörsaal der Philosophischen Fakultät drängte. Sie war nicht schnell genug und so blieb ihr nur ein Platz auf der untersten Treppenstufe. Das aufgeregte Lärmen der Erstsemester füllte den Raum. Mel brauchte einen Moment, um sich daran zu gewöhnen, und schloss kurz die Augen. Tatsächlich flaute der Krach beinahe schlagartig ab. Sie genoss den Moment der Ruhe. Als sie die Augen öffnete, stand er da. Obwohl er jung war, erkannte sie ihn ob seiner natürlichen Autorität auf den ersten Blick als Professor. Er schaute sie an. Obwohl sein »Guten Morgen« dem gesamten Hörsaal galt, schienen seine Augen nur sie zu fixieren.

Er musste glauben, sie habe geschlafen. Mel spürte, wie sie rote Ohren bekam und strich schnell das glatte, blonde Haar darüber, dass sie zu dieser Zeit taillenlang trug. Sie merkte, dass sie ihn anstarrte, während er sprach. Die Worte rauschten an ihr vorbei, sie sah nur, wie sich sein Mund bewegte.

Für einen Mann hatte er erstaunlich volle Lippen. Die geschwungenen Linien endeten in mit Lachfältchen versehenen Mundwinkeln. *Dieser Mund ist zum Küssen da. Wie er wohl schmeckt?* Mel erschrak über ihre Gedankengänge, schaffte es endlich, ihren Blick vom Professor zu lösen. Den Rest der Vorlesung wagte sie nicht, von ihrem Block aufzusehen. Allein die Stimme, die Erinnerung an das leicht verstrubbelte dunkelbraune Haar, die markante Kinnpartie mit dem leichten Bartschatten und die mindestens 1,80 Meter, die wie gemacht waren für die stonewashed Jeans und das weiße Oberhemd, waren ihrer Konzentration enorm abträglich.

So etwas hatte sie noch nie erlebt. Dieser Mann brachte sie komplett aus dem Konzept. Den Rest des Tages und die Nacht verbrachte sie in Erwartung seiner nächsten Vorlesung, halb sehnsuchtsvoll, halb zutiefst verstört über ihre heftige Reaktion. Als sie sich schließlich in die letzte Reihe setzte, hatte sie den festen Vorsatz, den Zauber durch genauere Beobachtung zu brechen.

Und scheiterte. Sie bewunderte seine Art zu sprechen, die schlüssigen Argumentationen, die Mühe, die er sich bei der Vermittlung seines Wissens gab. Wann immer der Professor seinen Blick durch das Auditorium schweifen ließ, hatte sie das Gefühl, er blicke sie direkt an. Egal, wie sehr sie in den kommenden Tagen und Wochen versuchte, im Pulk der Studenten unterzugehen, sich einzig auf ihr Studium zu konzentrieren und die Faszination für den Professor zu vergessen, es gelang ihr nicht. Immer häufiger kam es zu Begegnungen, auch außerhalb des Hörsaals. Sechs Wochen nach Studienbeginn saß Mel in der Mensa, las ein Buch und stocherte nebenbei in ihrem Essen. Das Hähnchencurry war nicht schlecht, aber es mangelte ihr einfach an Appetit.

»Hallo, darf ich mich zu Ihnen setzen?«

Mel schreckte hoch. Sie hatte die Stimme sofort als seine erkannt. Noch nie hatte er direkt das Wort an sie gerichtet. Daher schaute sie auf, um sich zu versichern. Ein Lächeln lag auf seinen Lippen. Sie konnte kaum atmen, geschweige denn eine Antwort geben. Daher nickte sie nur.

»Danke.« Er setzte sich mit einer Tasse Kaffee ihr gegenüber. »Was lesen Sie da?«

Da sie ihrer Stimme nach wie vor nicht traute, hielt sie ihm das Buch hin. Es war ihr peinlich, dass es sich dabei nicht um ein Lehrbuch, sondern um einen Kriminalroman handelte.

»Wie ich sehe, haben wir etwas gemeinsam. Ich liebe Krimis. Wenn sie gut geschrieben sind, kann man daraus viel über die Menschen lernen.« Er lächelte.

Endlich fand sie ihre Stimme wieder. »So habe ich das noch nie betrachtet. Mir hilft das Lesen einfach, mich zu entspannen.«

»Warum dann keine leichtere Lektüre wie ein Liebesroman?«, fragte er. Es schien ihr echtes Interesse und kein höfliches Geplauder.

»Zu süßlich. Das Leben ist nicht rosarot.«

»Manchmal schon. Für eine junge Frau sind Sie reichlich ernst. Ich glaube, ich habe Sie noch nie lächeln sehen.«

Es war der Auftakt eines gemeinsamen Nachmittags, an dem Mel ihm bewies, dass sie sehr wohl lächeln, und Frederick sie erkennen ließ, dass die Welt doch ein bisschen rosa sein konnte. Seine Küsse schmeckten noch besser als in ihrer Vorstellung.

Sie trafen sich immer heimlich und möglichst fernab der Universität. Er mietete eine Wohnung für sie, denn er konnte sie schlecht im Studentenwohnheim besuchen. Bis heute wusste Mel nicht, ob Beziehungen zwischen Professoren und Studenten verboten oder nur anrüchig waren.

Frederick bot an, ein Urlaubssemester zu nehmen, damit das Versteckspiel ein Ende hatte. Letztendlich war sie es, die ein Semester pausierte, um sich danach für ein neues Studienfach einzuschreiben. Ihr Verzicht auf das Studium änderte wenig an ihren Gewohnheiten. Nach wie vor war ihre Beziehung geprägt von Zurückgezogenheit. Zumeist trafen sie sich nach Fredericks Arbeit in ihrer Wohnung. Die Tage verbrachte Mel mit Traumwandern und damit, es ihm gemütlich zu machen, mit Kochen, Backen und Putzen. Sie war glücklich, wenn er abends zu ihr nach Hause kam. Häufig blieb er über Nacht, doch mindestens zwei Nächte in der Woche verbrachte er in seiner eigenen Wohnung. Sie beschwerte sich nie darüber, drängte ihn nicht, zu ihr zu ziehen. Die zeitweisen Trennungen erhöhten die Spannung in ihrer Partnerschaft ebenso wie das Versteckspiel vor der Welt. Selbst nach einem halben Jahr war es noch genauso unglaublich und fantastisch für Mel, dass dieser wundervolle, gebildete, gut aussehende Mann sie wollte.

Mel hatte schon lange nicht mehr an diesen Abschnitt ihres Lebens gedacht. Damals war ihr das Zusammensein mit Frederick perfekt vorgekommen. Sie war so glücklich gewesen. Sie liebte ihn, mit all seinen kleinen Schrullen. Zum Beispiel hatte er nie ein Handtuch zwei Mal benutzt, nicht einmal zum Händeabtrocknen.

Allein die Erinnerung daran, wie er sie *meine Kleine* nannte und dabei zärtlich mit den Fingern ihre Kinnlinie entlangfuhr, ließ eine Welle der Sehnsucht über sie hinwegrollen. Fast meinte sie, seine Stimme zu hören. Wie hatte es geklungen, wenn er *Ich liebe dich* sagte? Meist atemlos, entsann sich Mel. Zum ersten Mal ging ihr auf, dass die drei magischen Worte Frederick nur in Momenten der Leidenschaft über die Lippen kamen.

Ich habe es nicht gesehen, war blind vor Liebe. Für ihn war ich nicht mehr als eine Affäre. Die eigene Wohnung, die Diskretion – er hat mich behandelt wie eine Geliebte!

Die Erkenntnis, dass Frederick sie nie wirklich geliebt hatte, traf Mel hart. Nur mit Mühe konnte sie an sich halten, bis sie ihren roten Kleinwagen auf den nächsten Parkplatz gesteuert hatte. Sie legte den Kopf aufs Lenkrad und brach in Tränen aus. Sein Tod, die Jahre der Selbstvorwürfe deswegen, all dies nur, weil sie zu dumm gewesen war, um seine Gefühle oder besser den Mangel solcher richtig einzuschätzen. Die volle Wucht der Schuld brach erneut über sie herein. Doch die letzten achtzehn Jahre hatten sie eines gelehrt: Sie war stark.

Fredericks Leben mochte sie genommen haben, Auroras würde sie retten. Um jeden Preis.

Sie startete den Motor. Ihre Hände umklammerten das Lenkrad so fest, dass die Knöchel weiß hervortraten.

32

Ein lautloser Ruf aus weiter Ferne. Aurora zögerte, den schützenden Kokon aus Dunkelheit und Stille zu verlassen, der nur selten einen Gedanken hindurchließ. Sie wollte nicht denken, sich nicht erinnern an den Verrat, den Ciaran an ihr geübt hatte. Er hatte ihr Vertrauen missbraucht, sich in ihre Träume geschlichen. Sogar noch mehr getan. Sie wusste nicht, worin dieses *Mehr* bestand, aber sie hatte gespürt, dass Ciaran sie mit seinem Tun hintergangen hatte. Der Schmerz darüber erschien ihr nahezu unerträglich.

Am liebsten wäre es ihr gewesen, erneut zu vergessen. Das ging nicht. So blieb ihr nur die Flucht in die Dunkelheit.

Letztendlich gab sie dem Drängen nach, durchbrach den Kokon. Unvermittelt fand sie sich im Garten wieder. Ciaran war dort. Sie spürte es, bevor sie ihn sah.

Als er aus dem Schatten eines Apfelbaums trat, dessen Früchte kurz vor der Reife standen, verspürte sie den Impuls, sich umzudrehen und davonzurennen.

»Aurora, bitte bleib!« Flehende Dringlichkeit sprach aus seinen Worten. »Gib mir die Gelegenheit, dir alles zu erklären.«

Was konnte es schaden? Sie durfte ihn nur nicht zu nah an sich heranlassen. Der Blick seiner magischen Augen ließe sie schwach werden. Bei aller Verletztheit, sie empfand noch immer viel für ihn. »Also gut, ich höre!«

Als er auf sie zukam, wich sie zwei Schritte zurück. Ein Seufzer entfuhr Ciaran und er setzte sich ins Gras. Es würde wohl eine lange Unterhaltung. Dennoch blieb sie stehen, jederzeit zum Rückzug bereit.

»Ich habe einen schweren Fehler begangen. Ich hätte von Anfang an ehrlich zu dir sein sollen. Dann wärst du jetzt nicht in dieser Lage.«

»Welche Lage?«, fragte sie verwirrt.

»Aurora«, er holte Luft, zögerte, »du liegst im Koma.«

Unmöglich. Wobei, was war die letzte Erinnerung an ein Leben außerhalb des Traums? Sie war zu Bett gegangen, tieftraurig, wütend, aufgewühlt. Ciaran hatte Schluss gemacht. Die Erinnerung daran schmerzte.

»Ich weiß, es ist eine schreckliche Nachricht. Und es ist allein meine Schuld.«

Sie verstand nicht. »Wie das?«

»Traumwanderer können eine besondere Form der Beziehung eingehen. Die sogenannte Bindung gestattet es einem Traumwanderer und einem Menschen, gemeinsam alt zu werden. Die Lebensspanne des Menschen wird dabei der des Traumwanderers angepasst. Du musst wissen, dass Traumwanderer wesentlich langsamer altern als Menschen. Drei Jahre eines Menschen entsprechen ungefähr einem Jahr bei uns.«

Sie hatte ihm den Fünfzehnjährigen abgekauft, dabei musste er viel älter sein. Wieder hatte sie sich in ihm getäuscht. »Wie alt bist du?«

»Siebzehn. Der Effekt beginnt erst, wenn man im Alter von vierzehn mit den Traumwanderungen beginnt.«

Das war interessant. Sie wollte mehr über Traumwanderer wissen, über ihn wissen, aber das brächte sie vom Thema ab. »Okay. Und was hat das jetzt mit meinem Koma zu tun?«

Er schluckte hart. »Unbeabsichtigt habe ich den Prozess der Bindung ausgelöst. Weil weder du noch ich darauf vorbereitet waren, hat es nicht so funktioniert, wie es sollte.«

Was bedeutete *nicht so, wie es sollte*? »Aber du kannst das rückgängig machen!?«, fragte sie unsicher.

Er schüttelte den gesenkten Kopf. »Nein. Nur weiter vorantreiben. Wenn die Bindung stabil ist, wirst du aus dem Koma erwachen.«

Aurora wurde schwindlig. Sie suchte Halt an einem nahen Baumstamm. Ciaran war aufgesprungen, eilte zu ihr. »Geh weg! Fass mich nicht an! Du hast mein Leben zerstört!«

»Ich weiß.« Die Worte waren ein einziger Seufzer. Sein unverblümtes Eingeständnis besänftigte sie etwas. »Bitte, gib mir die Chance, dich aus dem Koma zu holen. Danach ist noch genug Zeit für Entschuldigungen und unzureichende Versuche der Wiedergutmachung.«

Genug Zeit, wie wahr! Beinahe hätte Aurora bitter aufgelacht. Eine dreifache Lebensspanne – so lange zu leben entzog sich ihrer Vorstellungskraft. Wenn sie nicht aus dem Koma erwachte, fände sie es nicht heraus. »Wie willst du das anstellen?« Sie brauchte Klarheit. Ciaran hatte lange genug über ihren Kopf hinweg entschieden.

Sollte er ihr sagen, dass es wahrscheinlich ein ehrliches Liebesbekenntnis brauchte, um die Bindung abzuschließen? Nein, so würde es nicht funktionieren. Es musste von ihr ausgehen. Damit es dazu kam, musste er ihr Vertrauen zurückgewinnen. Ihre Liebe hatte er trotz allem hoffentlich nicht verloren. Denn dann wären alle Versuche zum Scheitern verurteilt. »Setz dich. Ich muss dir mehr über die Bindung erzählen und darüber, was dich erwartet.« Zu seiner Erleichterung ließ Aurora zu, dass er sich weniger als eine Armlänge von ihr entfernt niederließ. Er müsste nur die Hand auszustrecken, um sie zu berühren. Vorerst begnügte Ciaran sich damit, sie anzusehen.

Es wurde ein langes Gespräch. Aurora wollte alle Einzelheiten wissen, über das Traumwandern im Allgemeinen und die Bindung im Besonderen. Während sie redeten, rückte sie näher an ihn heran, erlaubte, dass er ihre Hände hielt. Mit den Daumen strich er kreisend über ihre Handrücken. Wie wundervoll sich das anfühlte.

Und plötzlich war es vorbei.

33

»Junger Mann, junger Mann!«

»Was ist? Was soll das?«, rief er unwirsch aus, noch bevor er etwas sah oder einordnen konnte, warum und von wem er da bei den Schultern gepackt und gerüttelt wurde. Als er die aufsteigende Übelkeit niedergerungen hatte, blickte Ciaran in das Gesicht einer Krankenschwester. »Geht es dir gut? Du warst vollkommen weggetreten.«

»Alles in Ordnung. Ich bin nur eingeschlafen.«

Sie musterte ihn skeptisch. »Ich dachte schon, ich hätte hier noch einen Komapatienten. So eine Art Teenager-Koma-Seuche.« Sie lachte über ihren eigenen Scherz. Wahrscheinlich hatte die Frau um die Fünfzig im Laufe ihres Berufslebens eine Art Galgenhumor entwickelt.

»Nein. Es ist wirklich alles in Ordnung.« Er wusste selbst, dass das schwer zu glauben war. Er hatte Mel beim Traumwandern beobachtet und das glich normalem Schlaf kaum.

»Würdest du dann bitte kurz rausgehen, damit ich mich um die Patientin kümmern kann. Du solltest wahrscheinlich ohnehin längst in der Schule sein.«

Er warf einen Blick auf die Uhr. Halb neun. Erneut hatte er das Verstreichen der Zeit nicht wahrgenommen. Um kein weiteres Aufsehen zu erregen, war es ratsam, das Krankenhaus zu verlassen. Obwohl er nichts lieber getan hätte, als seine Traumwanderung fortzusetzen. Der direkte Kontakt hatte es ihm enorm erleichtert, zu Aurora vorzudringen. Vielleicht wäre ihm sogar der Durchbruch gelungen.

Der Heimweg strengte ihn übermäßig an. Der Schlafmangel machte sich bemerkbar. Er würde sich ein paar Stunden hinlegen und dann ins Krankenhaus zurückkehren.

34

Er war fort. Erneut hatte Ciaran sie allein gelassen. Sie würde hier auf ihn warten.

35

Das Klingeln seines Handys weckte ihn. »Hallo?«

»Hier ist Helene.«

Helene? Woher … ach ja, ich habe ihr am Montag meine Nummer gegeben.

»Was ist passiert?«, fragte er alarmiert.

»Die Ärzte haben ungewöhnliche Hirnaktivitäten bei Aurora gemessen.«

»Wacht sie auf?«

»Eher nicht. Sie gehen momentan von einer irreparablen Hirnschädigung aus. Ich habe Angst, dass sie nie wieder aufwacht. Die Ärzte werden ihren Eltern irgendwann raten, die Geräte abzuschalten.« Ciaran hörte ein Schluchzen am anderen Ende der Leitung.

»Helene, keine Sorge. So schnell werden sie die Geräte nicht abschalten. Schon gar nicht auf eine Vermutung hin. Aurora wird wieder. Die Ärzte interpretieren die Messresultate wahrscheinlich falsch.« Ganz sicher sogar.

Was die Geräte da anzeigten, war einfach ein sehr langer Traum. Obschon er nicht mehr bei ihr war, vermutete er Aurora noch immer auf der Traumebene. Wahrscheinlich wartete sie da auf ihn. »Bist du gerade bei ihr im Krankenhaus?«

»Ja. Ihre Eltern sind auch hier.«

»Ich werde kommen. Bis gleich.«

Es durften immer nur zwei Leute gleichzeitig zu Aurora und so musste Ciaran eine Weile warten, bevor er mit Helene zu ihr durfte. *Ich muss mit ihr allein sein, muss in ihre Träume.* Er hatte das Gefühl, dass dies keinen weiteren Aufschub duldete.

Helene trat ans Bett, strich kurz über Auroras Hand. »Ich kann das nicht.« Sie drehte sich weg, Tränen in den Augen.

»Schon okay. Geh ruhig. Ich werde bei Aurora bleiben.«

Er drehte den Stuhl so, dass man sein Gesicht durch die Scheibe nicht sehen konnte, und griff nach dem Silberanhänger.

»Ciaran, da bist du endlich.« Aurora rannte auf ihn zu. »Ich wollte die Hoffnung schon aufgeben.« Sie warf sich in seine Arme.

»Entschuldige, dass ich so lange fort war. Jetzt bin ich da. Ich lasse dich nicht im Stich.« Er streichelte ihren Rücken.

»Ich habe nachgedacht. Was muss ich tun, damit das mit der Bindung funktioniert?«

»Nichts.« Er lächelte, dann beugte er sich hinab und küsste sie. Sie kam ihm entgegen. Ihm war, als schwebten sie.

»Mach die Augen auf«, murmelte Ciaran zwischen zwei Küssen. Als ihre Lippen sich erneut berührten und seine Zunge sanft die ihre umspielte, blickte sie ihm in die Augen. Tiefblau wie das Meer. Beim nächsten Blinzeln grünbraun, dann silbergrau. *Ob rot geht?*, fragte sie sich und erhielt im gleichen Moment die Bestätigung. »Mein Traumwanderer mit den regenbogenfarbenen Augen«, flüsterte sie, als er ihr einen Augenblick zum Luftholen ließ. »Ich liebe dich.« In diesem Augenblick war Aurora sich sicher: Ciaran und sie gehörten zusammen. Selbst drei Lebensspannen änderten daran nichts.

»Und ich liebe dich«, flüsterte er atemlos.

36

Hektisches Piepen. Aurora riss die Augen auf. Er war da, hielt ihre Hand. *Alles ist gut!* Sie nahm einen tiefen Atemzug. Ciaran sah sie mit großen, blauen Augen an, beachtete die Krankenschwestern und den Arzt nicht, welche ins Krankenzimmer gestürmt kamen.

»Geh raus, wir müssen uns um die Patientin kümmern.« Eine Schwester wollte ihn von ihr wegdrängen. *Er soll bleiben*, wollte sie sagen, brachte kein Wort hervor. Sie umklammerte seine Hand.

»Sie ist wach«, stellte der Arzt überflüssigerweise fest. *Natürlich bin ich wach. Wenn ihr nicht wie blöde auf die Monitore gestarrt hättet, hättet ihr das schon bemerkt.*

Willig ließ Aurora die folgenden Untersuchungen über sich ergehen, obwohl Ciaran dafür nach draußen verbannt wurde. Sie wusste, er käme wieder. Nichts konnte sie mehr trennen.

Sie hatte es geschafft! Ciaran konnte es kaum glauben. Am liebsten wäre er nicht von Auroras Seite gewichen. Er starrte auf die Vorhänge, mit denen ihm das Krankenhauspersonal den Blick auf sie verwehrte. *Wann sind sie endlich fertig?*

»Ciaran, was ist los?« Mel stand plötzlich hinter ihm.

»Aurora ist aufgewacht. Ich denke, wir haben es überstanden.«

Seine Mutter atmete hörbar aus. »Sicher?«

»Ja.« *Oh Mist, sie hat den Meister umsonst aufgesucht.* Ciaran betrachtete ihr Gesicht, konnte keine sichtbaren Altersspuren entdecken, nur eine allgemeine Müdigkeit. »Wie viel hast du ihm gegeben?«

»Nicht viel, mach dir keine Gedanken. Sein Wissen über die Bindung ist nicht sehr umfangreich. Und die Jahre dienen einem guten Zweck. Er verwendet die Zeit für weitere Forschungen.« Die Ungezwungenheit, mit der sie das sagte, war gespielt.

Weitere Forschungen, die er dann wieder für Lebensjahre verkaufen kann. Das ist nicht gerecht. »Kann er die Lebensjahre zurückgeben?«

»Möglich.«

Ich werde ihm mein Wissen über die Bindung im Tausch für Mels Lebensjahre anbieten. Weiter kam er mit seinem Plan nicht, denn Auroras Familie spurtete den Krankenhausflur entlang. »Ciaran, ist es wirklich wahr? Ist sie wach?«, fragte Auroras Vater atemlos.

»Ist sie und es scheint ihr gut zu gehen.«

Auroras Mutter umarmte ihn so fest, dass ihm förmlich die Luft wegblieb. Das war okay.

Alles ist gut. Aurora lebt. Sie liebt mich!

Er musste nur noch den Rest ihres gemeinsamen Lebens dafür sorgen, dass sie nie bereute, ihm ihre Liebe geschenkt zu haben.

Epilog

»Ich werde diesen Ort vermissen«, sagte Aurora, als sie sich von der Bank erhob und einen letzten Blick auf die Fischteiche warf. Es wäre nicht das Einzige, was ihr fehlen würde. Sie würde ihre Eltern vermissen und sogar ihre Brüder. Nichtsdestotrotz musste sie gehen. Es war höchste Zeit. Ewig konnte es nicht gut gehen, dass sie immer noch nicht älter als sechzehn aussah, obwohl sie das Abitur in der Tasche hatte und in wenigen Tagen ihren achtzehnten Geburtstag feierte.

Ciaran und sie würden in Afrika neu anfangen. Ihre Eltern glaubten, sie ginge nur für ein Freiwilliges Soziales Jahr. Sie ahnten nicht, dass sie ihre Tochter nie wiedersähen. Helene war ebenso ahnungslos. Ihre beste Freundin im Ungewissen zu lassen, hatte Aurora unheimlich viel Kraft gekostet. Sie zu verlieren war nicht minder schmerzlich als der Verlust ihrer Familie.

Ciaran spürte ihren Kummer, nahm sie in den Arm. »Ich weiß, es ist schwer.«

Sie schluckte ihre Tränen runter. »Es geht schon. Und du bist bei mir.«

»Ich bin immer bei dir. Ich liebe dich!« Er gab ihr einen kurzen, stürmischen Kuss.

»Ich dich auch. In ein paar Jahrzehnten können wir zurückkommen. Und falls uns jemand erkennt, geben wir uns als unsere eigenen Kinder aus.«

»Schade, dass wir ausgerechnet nach Afrika gehen. Ich hätte gerne einen Garten«, bekannte er.

»Den hast du … den haben wir.«

Obschon sie in ihren gemeinsamen Träumen immer neue Welten erschufen, war der Garten geblieben, war zu einer Heimat geworden. Die einzige Konstante, die es in ihrem Leben gäbe, abgesehen von ihrer Liebe.

Mehr von Anja Buchmann auf facebook.com/AutorinAnjaBuchmann